U0565737

张楚
小传

张楚，1974 年生，唐山人。中国作家协会会员，河北文学院合同制作家，河北文坛"河北四侠"之一。

著有中短篇小说集《樱桃记》《七根孔雀羽毛》《夜是怎样黑下来的》《野象小姐》等。作为小镇公务员的张楚，笔下多书写小镇故事，擅长在庸常、黏腻的生活中营造奇异的世界，呈现平凡人物的精神困境与生存窘态，彰显悲悯与人性的光芒。

曾获《中国作家》"大红鹰文学奖"、《人民文学》短篇小说奖、林斤澜短篇小说奖、第十届和第十二届河北省文艺振兴奖、《北京文学·中篇小说月报》奖、《十月》青年作家奖等。被《人民文学》和《南方文坛》评为 2012 年"年度青年作家"。2014 年荣获第六届鲁迅文学奖短篇小说奖，2016 年获第四届郁达夫小说奖短篇小说奖，2017 年获第十七届百花文学奖中篇小说奖等。

总主编　何向阳

本册主编　吴义勤

百年中篇小说名家经典
BAINIAN
ZHONGPIAN
XIAOSHUO
MINGJIA JINGDIAN

YU QI
MAO GEN
羽毛 七根孔雀
KONG
QUE

张楚

著

河南文艺出版社
·郑州·

一种文体与
一百年的民族记忆

何向阳 （丛书总主编）

　　自 20 世纪初,确切地说,自 1918 年 4 月以
鲁迅《狂人日记》为标志的第一部白话小说的
诞生伊始,新文学迄今已走过了百年的历史。
百年的历史相对于古老的中国而言算不上悠
久,但 20 世纪初到 21 世纪初这个一百年的文
化思想的变化却是翻天覆地的,而记载这翻天
覆地之巨变的,文学功莫大焉。作为一个民族
的情感、思想、心灵的记录,从小处说起的小
说,可能比之任何别的文体,或者其他样式的
主观叙述与历史追忆,都更真切真实。将这一

百年的经典小说挑选出来，放在一起，或可看
到一个民族的心性的发展，而那可能被时间与
事件遮盖的深层的民族心灵的密码，在这样一
种系统的阅读中，也会清晰地得到揭示。

所需的仍是那份耐心。如鲁迅在近百年
前对阿Q的抽丝剥茧，萧红对生死场的深观内
视，这样的作家的耐心，成就了我们今天的回
顾与判断，使我们——作为这一古老民族的每
一个个体，都能找到那个线头，并警觉于我们
的某种性格缺陷，同时也不忘我们的辉煌的来
路和伟大的祖先。

来路是如此重要，以至小说除了是个人技
艺的展示之外，更大一部分是它对社会人众的
灵魂的素描，如果没有鲁迅，仍在阿Q精神中
生活也不同程度带有阿Q相的我们，可能会失
去或推迟认识自己的另一面的机会，当然，如
果没有鲁迅之后的一代代作家对人的观察和
省思，我们生活其中而不自知的日子也许更少
苦恼但终是离麻木更近，是这些作家把先知的
写下来给我们看，提示我们这是一种人生，但
也还有另一种人生，不一样的，可以去尝试，可
以去追寻，这是小说更重要的功能，是文学家

个人通过文字传达、建构并最终必然参与到的民族思想再造的部分。

我们从这优秀者中先选取百位。他们的目光是不同的，但都是独特的。一百年，一百位作家，每位作家出版一部代表作品。百人百部百年，是今天的我们对于百年前开始的新文化运动的一份特别的纪念。

而之所以选取中篇小说这样一种文体，也是出于这个原因。

中篇小说，只是一种称谓，其篇幅介于长篇小说和短篇小说之间，长篇的体积更大，短篇好似又不足以支撑，而介于两者之间的中篇小说兼具长篇的社会学容量与短篇的技艺表达，虽然这种文体的命名只是在 20 世纪的七八十年代才明确出现，但三四十年间发展迅速，其中的优秀作品在不同时期或年份涵盖长、短篇而代表了小说甚至文学的高峰，比如路遥的《人生》、张承志的《北方的河》、莫言的《透明的红萝卜》、韩少功的《爸爸爸》、王安忆的《小鲍庄》、铁凝的《永远有多远》等等，不胜枚举。我曾在一篇言及年度小说的序文中讲到一个观点，小说是留给后来者的"考古学"，它面对的不是土层和古物，但发掘的工作更加艰巨，因为它面对的是一个民族的精神最深层的奥秘，作家这个田野考察者，交给我们的他的个人的报告，不啻是一份份关于民族心灵潜行的记录，而有一天，把这些"报告"收集起来的我们会发现，它是一份长长的报告，在报告的封面上应写着"一个民族的精神考古"。

一百年在人类历史上不过白驹过隙，何况是刚刚挣得名分的中篇小说文体——国际通用的是小说只有长、短篇之分，并无中篇的命名，而新文化运动伊始直至70年代早期，中篇小说的概念一直未得到强化，需要说明的是，这给我们今天的编选带来了困难，所以在新文学的现代部分以及当代部分的前半段，我们选取了篇幅较短篇稍长又不足长篇的小说，譬如鲁迅的《祝福》《孤独者》，它们的篇幅长度虽不及《阿Q正传》，但较之鲁迅自己的其他小说已是长的了。其他的现代时期作家的小说选取同理。所以在编选中我也曾想，命名"中篇小说名家经典"是否足以囊括，或者不如叫作"百年百人百部小说"，但如此称谓又是对短篇小说的掩埋和对长篇小说的漠视，还是点出

"中篇"为好。命名之事,本是予实之名,世间之事,也是先有实后有名,文学亦然。较之它所提供的人性含量而言,对之命名得是否妥帖则已显得不那么重要了。

值此新文化运动一百年之际,向这一百年来通过文学的表达探索民族深层精神的中国作家们致敬。因有你们的记述,这一百年留下的痕迹会有所不同。

感谢河南文艺出版社,感动我的还有他们的敬业和坚持。在出版业不免受利益驱动的今天,他们的眼光和气魄有所不同。

2017 年 5 月 29 日　郑州

目录

一

那个冬天我很少出门。 如果不是给我们所长面子，恐怕我会一直窝在家里。 心情好了，我也溜达着去上班，反正单位离李红家不远。 他们都不知道我住李红家。 当然，他们也不知道李红是谁。 有一次，单位的马文喝醉了跟踪我，想知道我这段时间到底在哪儿鬼混，结果半路上我就把他甩了。 不是我多机灵，而是这家伙刚过了马路就躺灌木丛里睡着了。 他一直是个有点口吃、裤兜塞满榛子果仁味儿巧克力的胖子。

很多个夜晚，我从床上爬起来光脚走到阳台，睃巡着对面楼上亮着灯火的人家。 这个小区的居民大都保持着早睡早起的朴素习惯，通常情况下，除了两栋楼之间的几颗星星，只是一片漆黑。 偶尔三楼会有个女人开着浴霸洗澡。 她洗澡很有规律：每个礼拜五晚上十二点。 她胖得像头刮了毛的荷兰猪。 当有一天我看到她裸着乳房，架着一副望远镜四处鸟瞰时，我就很少去阳台了。 李红睡觉很死，据她自己说，这么大岁数了，还从来没做过梦。 不过她的鼾声很响，一个漂亮的女人为什么打那么响的呼噜？ 我偎着她躺下，盯着黑房顶。 盯着盯着天就莫名地亮了，光亮透过窗帘恍惚漫进，打在她眼袋上。 她那么安详，总让我怀疑她其实已经在睡梦中死了。

七点十分，她大声吆喝着孩子起床，接着去洗手间小解，然后是漫长精细的描眉——我长这么大，还没见过这么热衷描眉的女人。 描完眉后她去烧水煮饭。 后来我在看守所那几天，老想着能有机会告诉她，她完全可以先把水烧上，再去干别的事，这种方法叫统筹，初中就学过，能省不少时间。 可惜她没给我这个机会。

七点四十，她开车把丁丁送到实验小学，八点零五分回来。 回来后我们就做点有意思的事。 她是个三十多岁的女人，浑身化妆品的气味。 女人的化妆品就像男人的谎言一样让人徒生厌倦，更何况她喜欢把我压在身下。 我只有闭上眼，胡乱摸着她起伏有致的身体。 有一次我突然睁开眼，发现她正盯着我看。 她在瞅什么？ 我不知道，也不想知道……说实话，我不喜欢这种姿势。 可我毕竟是个有责任心的男人。 我把自己弄得无比坚挺，仿佛是台随时可以发动、马力十足、性能良好、价格低廉的发动机。 九点钟这种事通常结束。 如果她不想结束，我会多费些心思。 她不是个过分贪心的人，据我的观察，她只是喜欢有根温热的东西留在体内，如果这根东西恰巧长在别的男人身上，我相信她也不好意思拒绝吧。

十点钟她去上班，她在步行街开了家美容院。闲得无聊时我曾经去过几次，没人理我，我就躺在大厅的沙发里看《知音》，顺便瞄几眼来回穿梭的女人。说实话，跟在美容院相比，我其实更喜欢在大街上瞎溜达。既然我从生下来就很少离开这个县城，那么，我很有必要熟悉它的每条毛细血管。譬如，农贸路有两家粮油店，一家"老百姓"，一家"绿色贵族"；文化路有四家卖"板面"的，一家河南人，两家安徽人，还有一家是成都人。低档红灯区都在粮食局后面的胡同里，小姐平均年龄都四十岁朝上，满脸褶子，如果你站在她们身边，能听到她们脸上的香粉"噗噗"落地的声音。她们生意很火，据说每天都要接待大量的民工和学生。最受欢迎的一位已经五十二岁，天生异秉，蹬三轮的车夫都赞美她的私部堪比十八岁的处女。县里最好的宾馆，就在性保健用品一条街的左侧，它有个响当当的外国名字，叫"迪拜吉美大酒店"。这个名字我老也记不好。我对超过三个字的外国名字总是记不好。

说实话，我很喜欢站在大街上，叼着烟看"迪拜吉美大酒店"。有钱人戴着墨镜从酒店里晃出来，开上他们的车咆哮着离开。他们好像总是很忙。有钱人总是很忙。他们大都很年轻，留着板寸，脖子上挂着粗壮的黄金项链，如果不出意外，他们的身边总是跟着位拉风的美女。据说，他们当中最有钱的一个，是个叫丁盛的人，他很低调，只有六辆私家车：一辆悍马，一辆宝马×5，两辆宾利雅致，一辆奥迪

Q7，一辆 SUV 越野路虎。 每天他都会开着不同的车去会晤客商，就像每天都要换一件新衬衣一样。 当然，关于他的传闻很多，比如他有几个情人，比如他有几只鳄鱼、黄金蟒之类的庞大宠物。 可这些跟我有屁关系。 我永远不可能像他那么有钱。 何况即便我像他那么有钱，我也不会买六辆车。我会给镇上的每个居民买一辆。

二

李红经常劝我说，我应该做点像样的大买卖。 我知道她这么说是为了我好。 她说这话的时候基本上不看我，她既然知道说也是白说，干吗还要说？ 我拿什么做大买卖？ 我又没钱。 一个男人没钱，不就等于新婚之夜才发现自己阳痿吗？ 可我不能说"不"。 她不是个喜欢听男人说"不"的女人。 前一个男人被她赶走了，就因为那个男人经常跟她顶嘴。 他从来就没有说过"好"或者"是"。 提到那个不知趣的男人时她经常会这么说："如果他不找个理由反驳你，他就会因为缺氧而憋死。"

对于我的小赌，她倒没说过什么。 她父亲赌钱，她弟弟赌钱，她前夫赌钱。 我估计那个喜欢跟她顶嘴的男人也赌钱。 在她看来，男人喜欢赌钱，跟天天去洗头房相比，是种更健康的生活方式。 何况有时候她也玩上两把。 她手气通常不错。 她这个年龄的女人，赌钱一般都不会输。

　　我就是在康捷家玩牌时看到曹书娟的。 说实话，我真没想到会在康捷家碰到她。 我很久没见到她了。 那天我去得早，我踢掉皮鞋，靠在康捷家的沙发上看电视。 我看电视只看中央电视台的少儿频道，里面有很多动画片。 我最喜欢《海绵宝宝》。 那天讲的是蟹老板女儿生病了，家财万贯的蟹老板为了省钱，亲自给女儿动手术。 他女儿是只长得非常丑的大嘴巴鲸鱼……这时门铃响了，康捷去开门，然后，我就看到了曹书娟。 她看到我时，一点都不吃惊，这让我有点难受。 康捷很客气地把我们互相介绍了一番，然后我们就坐到麻将桌旁。 那天我输了点钱。 我不知道这是不是因为曹书娟。 她倒没什么，不过很明显，她的牌技跟以前比是越来越好了。 我没注意到康捷是否察觉出我有点反常。 我总是忍不住拿眼去瞟曹书娟。 她没怎么老，也没变得更年轻。除了她的牙齿上箍了个牙套，我看不出她跟以前有什么区别。 打着打着她接了个电话，然后就很有礼貌地起身告辞。康捷出去送她，我趁机溜达到厕所，在卫生间里洗了把脸。等我出来时，康捷猥琐地看着我笑。 他说："这个货怎么样？ 嗯？"我朝他点点头。 我很佩服他总是能找到些莫名其妙的人来打牌。 而这一次，他把我的前妻找来了。

　　我把碰到曹书娟的事告诉了李红。 李红正在用紫砂锅炖牛肉，一边炖牛肉一边唱歌。 李红是个爱音乐的人。 据她自己说，在锦州上小学时还专门练过手风琴，另外她还是校合唱团的领唱，如果不是变声期倒了嗓，她没准已是个出色的女歌唱家。 谁知道她说的是真是假。 反正炒菜的时候唱，洗澡的时候唱，化妆的时候唱……她的声音有点像那种女花腔，即便烂大街的歌，从她抽搐的嘴里唱出来，也是那种圆润、颤抖、浑厚、让人起鸡皮疙瘩的高音。 当然，用她自己的话讲，她是个有素质的人，虽有傲人的肺活量，可为了避免扰民，总是刻意把高音降调。 这样，我总是看到她严肃地吟唱着辨不清歌词的咏叹调，因骄傲衍生出的隐忍让她浑身散发出一种光芒……是的，属于一个美容院老板的光芒。 当然有时她也难以自控，磅礴洪亮的嗓门让我溜达到阳台上。 这时她会很郑重地问我，为什么我唱歌时你总爱去阳台？ 我只得实话实说，我说，我这是为了避嫌。 她就迫不及待地问，避什么嫌啊？ 我诺诺地说，我怕别人以为是我在打你。

我怎么能把遇到曹书娟这件事告诉她呢？ 当她听到曹书娟这个名字时，她歌也不唱了，从厨房扭头扫了我一眼。 我就继续嘚啵嘚啵地说。 我说，曹书娟都这么大岁数了，居然还戴了牙齿矫正器。 我说，曹书娟的裙子穿得很难看，竟然是紫色的。 我说，曹书娟的手指越来越黄，什么时候变成老烟鬼了。 我说，我们面对面地打了两个小时的麻将，竟然没说上两句话。 我自言自语时，李红一声都没吭。 她只是炖她的牛肉。 我觉得这样挺好。

吃饭时通常很静，尤其是吃牛肉，我只听到我们三个人的牙齿咀嚼肌肉纤维的声响。 丁丁吃饭从来不看别人。 她不光吃饭不看别人，不吃饭时也不看别人。 至少对我是这样。 我搬过来半年，她几乎没正眼瞅过我。 她不光没正眼瞅过我，也从没主动跟我说过半句话。 为了讨好她，我曾花了一百九十块钱给她买了条连衣裙，她只是从李红手里接过去，揪住裙角一声不吭扔进衣柜，仿佛这条裙子脏了她的手。 后来我在垃圾桶里发现了那条裙子。 裙子上粘的全是大米粒，裙边手工编织的大黄花被剪子剪得支离破碎。 不过这孩子的胃口一直很好。 我就喜欢能吃饭的孩子。 我看着她大口大口把米饭扒拉进嘴里，又用筷子夹了块肥瘦适中的牛肉，小心翼翼卷上舌苔。 我怀疑这个肥胖的女孩其实早得了自闭症。 每当这么想，我就会想起小虎。 每当想起小虎，我的心就一揪一揪地……疼。

"宗建明，快点吃饭。"李红说。

我只好笑了笑。 李红最喜欢我笑的样子。

"牛肉凉了就不好吃了。"李红说。

我说："酱牛肉都是凉的。"

李红瞄了我一眼。

我说："我喜欢吃凉的酱牛肉。"

李红攒着眉头白了我一眼。 我就不说话了。 可我不说话并不代表我就成了块石头。

"我知道你在想啥，"李红叹了口气说，"曹书娟可真厉害。"

沉默半晌后我方才说："我什么都忘了。"

李红"咦"了声："是吗？ 哦，这最好不过。 你这样的人要是得了健忘症，反倒是件好事。"

我用力点头。 我把牛肉嚼得更响。

李红又说："哎，如果实在忘不了呢，也没关系，反正你长着两条腿，想去哪儿就去哪儿。 你还长着第三条腿，想搞谁就搞谁。"

我使劲笑了笑。

李红说："说实话，你笑起来真挺丑的。 眼窝那么深，鼻子那么尖，还长着副兜齿。"

我说："我知道。 他们都说我像俄罗斯人。 他们都说我长得像普京。"

李红"哼"了声继续问："你还知道什么？"

我龇着牙说："你炖的牛肉比清真饭馆的都香。 你是不是放了大烟壳？"

李红很郑重地点点头。 毫无疑问，她对自己的厨艺相当自信，就犹如她相当自信地认为，我已经从上到下从里到外完全是她的人了。 她这么想也没什么不对，我住着她的房子，我吃着她的饭，我蹲着她的马桶，我睡着她的床，我花着她的钱。 如果这样我还没有完全属于她，那么这个世界就太无耻、太匪夷所思了。

三

多年来我一直坚信我可能是个被淹没了的……天才。 当然，我没跟别人说过。 男人到了我这个岁数，如果还没学会夹着尾巴做人，还没学会睁着眼睛说瞎话，还没学会自己放屁赖别人，肯定被人笑掉槽牙。 我不怕被人笑话，我只是怕被那些我瞧不起的人笑话。 不是我吹牛，我们夏庄一千号人，无论男女老幼，哪个不知道我宗建明呢？

小学一年级时我爸心血来潮养了几条金鱼，两个礼拜就全死了。 这在当时的夏庄被人传为笑谈。 一个庄稼汉不好好养猪养牛养鸡养兔，养几条花里胡哨的金鱼干啥？ 养就养了，还全养死了。 我觉得我爸挺窝囊，赶集时就顺便偷了几条。 这几条金鱼大概是世界上寿命最长的金鱼。 我记得高中毕业了，它们也老得游不动了，还在鱼缸里安然无恙地翕动着它硕大性感的红嘴唇。 没人猜到我是怎样饲养这些金鱼的。 我不但把它们养活了，还让那条黑玛丽产了许多卵。 那些透明的水泡似的卵孵出了几百条蜉蝣大小的黑玛丽。 后来我们夏庄的人家就都养上黑玛丽了。 再后来，王二家的母牛难产时，也找我去帮忙。 有谁会想到一个十几岁的孩子蹲在牛棚里帮母牛分娩？ 村里人在我初中毕业时强烈建议我考市农校，专门学畜牧兽医专业。 在他们看来，我是个天生的兽医。 如果我不去当兽医，那简直是畜生们最大的损失。

六年级时我练了五个礼拜的乒乓球，把我们学校的体育老师大刘打败了。大刘曾是我们县教职工乒乓球大赛的季军。那年春天，大刘从独寞镇得意扬扬地带个少年回来，专程跟我打了一场。那场比赛多年后还被夏庄小学的老师们津津乐道。他们谁也没想到我只花了半个小时就把少年打败了，印象最深的是当我发完最后一个侧旋球，那孩子突然把球拍往地上一摔，蹲在乒乓球台边上"呜呜"恸哭起来。他哭得那么伤心，那么绝望，仿佛他是这个世界上唯一的孤儿。最后，老师们不得不把他连抬带拖地拽上拖拉机，送回了独寞镇。后来我才知道，这个男孩就是桃源县乒乓球大赛青少年组的冠军。他有个很好记的名字，康捷。

他们都夸我聪明，他们都说，我的心比别人多长了一窍，如果我想干点什么，我肯定能干成。他们说得没错。他们总是对的。高中时我喜欢上了曹书娟。第一次见到她是在操场上。高一的新生都在操场上拔草。她蹲在那儿，腰板细得一把掐，乳白连衣裙裹得臀部微微上提，让她既优雅又趾高气扬。当时我就想，哦，这就是我老婆。追她没费什么劲，我给她写了几封情书，请她吃了顿鱼香肉丝和麻婆豆腐，然后就把她带地洞去了。我们学校有座古城，是元朝大将纳言俦展修的，据说用以囤积粮草，地洞就在古城下边，抗日战争时成为八路军的指挥部。不过当我们上高中时，这条地洞被学校用大石头堵死了，如果他们再不把它堵死，估计会有很多女学生不得不中途辍学。不过那块巨石并没难倒我。 我攥着根木棍在石头旁转来转去。 曹书娟问，你在干吗？ 我就跟她说，我在找一个点，如果把那个支点找到了，我就能把这块石头撬开，如果把这块石头撬开，我们就能钻进地洞；如果能钻进地洞，我们就能干我们都想干的事了。 我记得曹书娟的脸当时就红了。 这让我很得意。后来呢？ 后来我真把那块巨石撬开了。 怎么撬的？ 很简单，我真就找到了那个支点。 是的，只是一个点，然后，我和曹书娟就把石头撬开一尺——这个缝隙刚好够我们钻进地洞。

可是，如果一个男人总怀念从前那点屁事，并故作镇定地讲给人听，那么他肯定不是个天才。 最起码讲，肯定不是个腰缠万贯的天才。 吃完炖牛肉的下午，那个曾跟我钻过无数次地洞的女人，那个曾经把我当成天才的女人，终于跟我面对面坐到一家冷饮店里。 如果一天之内两次见到你前妻，你应该毫不犹豫地去买六合彩。 搞到曹书娟的电话很容易，康捷办事相当靠谱。 我没跟他说我跟曹书娟的关系，我怎么能跟他说这些呢？ 我只是貌似不经意地跟他念诵道，我操，那个女人的牙套真他妈性感。 他在电话那头"嘎嘎"笑，他早不是那个为了一场球赛要死要活的少年了。 五分钟后他把曹书娟的电话号码用短信给我发过来，当然，后面少不了他时常嘲笑我的那句话：种马发情，少妇遭殃。

见到我时曹书娟脸上没什么表情。 如果一个离婚的女人跟她的前夫一起吃冷饮，而且脸如塑胶面具，那就表示这个女人跟她的前夫，真的丁点关系都没有了。

"你有什么事就说吧，"曹书娟看着我说，"不过我先告诉你，我最近手头很紧。"

我没有回答她。我有很长一段时间没骚扰她了。我把戴着圣诞帽的服务员叫过来，点了两杯酸梅汤。我喜欢喝热的酸梅汤。

"我还有半个小时就要去北京。"曹书娟的右臂托着下颌，左手托着右胳膊肘。她没有看我，而是盯着玻璃幕墙外边的露天游乐场。

我点了支香烟，然后递给她一支。她犹豫了下才接过。我慌忙起身用打火机给她点烟。这个 ZIP 打火机是当年她去洛杉矶时专门给我定做的。上面刻着我的名字。

"如果你今天约我来只是这么干坐着，"曹书娟用手拢了拢头发，她一直喜欢这个动作，"我觉得一点必要都没有。"

酸梅汤上来了，我没用吸管。我讨厌吸管，就像我讨厌自己现在为何开不了口一样。

"你应该清楚，我没起诉你，没把你送进监狱，算给你很大面子了。你还想怎样？"曹书娟用中指轻轻弹击着玻璃杯的杯口。她的声音终于不是直线了，我仿佛看到她的胸口在剧烈起伏。这反倒让我心安些。"你还想怎样呢？"她又问了一遍，似乎不是在问我，而是在问她自己。这时她的手机响了。很好听的铃声，如果没有记错，这首歌的名字叫《脚印》，小时候老听王洁实和谢莉斯在收音机里唱。他们的声音有种做作的华美和空洞。 曹书娟扫了我一眼，站起来去外面接手机，她就站在玻璃幕墙外接手机。 我在座位上能看到她的侧脸。 我一直认为，她最漂亮的就是她的侧脸。 她的颧骨有些高，正看有点寡相，不过若是侧看，倒有种骨感美。 不久她就回来了，她走路的姿势还和以前一样，身体往前一挺一挺，仿佛身后有猎狗在追她一般。

"我走了。"她把手机放进包里。 这是一款 LV 的包。小镇上很少有女人背这种包。"以后不用再给我打手机。 从这家店里走出去，我就换另外一张卡了。"她站着，我坐着。 她本来就高，她的语速也有些急促，甚至有些疲惫。有那么片刻，我怀疑她极有可能会不顾店里熙攘的顾客，很优雅地扇我一个耳光。 但是，没有。 我就那样仰着头凝望着她转身离开了冷饮店。 她的那辆红色宝马跑车就停在露天游乐场。

我终于站起来，去了趟洗手间。 在洗手间里我长时间地注视着镜子里的宗建明。 我本来以为宗建明可能会流泪，不过还好，镜中男人只用手按了按自己的眼袋，朝着镜子龇牙咧嘴地笑了笑。 他的牙齿缝隙全是烟渍。 我突然想起一句话，不要找你的敌人陪你喝茶，他像你牙缝里的烟渍和你舌尖上的醋，使你烦躁不安。

四

"你下午是不是出门了？"李红问。

"没。一直在家睡觉来着。"

"真的？"李红换上拖鞋蜷缩进沙发，"那你为什么还穿着这件阿玛尼？"

我低头看了看自己的大衣。我竟然还穿着大衣。这是我最喜欢的一件衣服，每次打麻将或者会朋友，我都会貌似隆重地穿上它："哦，下午去康捷那儿玩了会儿。"

"不会是又和曹书娟打对家了吧？"李红"呵呵"笑了两声。

"没。怎么可能呢？"我倒杯凉白开递给她，把她的小腿轻柔地抬上我的大腿捏揉起来。我按摩的手艺不错。我说过我可能是个天才，无论做什么，都会比别人做得好那么一点。

李红很快就放松了，小声哼唧起来。"其实见面又能怎么样？"她摸了摸我耳朵，似乎在安慰我，"你当时把她整那么惨，差点就死你手里。"她用手支起我的下巴，很耐心地打量我："宗建明，你知道吗，泼出去的水是收不回来的，破了的镜子是圆不了的，花儿不会在一年里开两次的。"

"我比你清楚。"

"那就好。"李红把我揽入她怀里，似乎我不是她男人，而是她尚在哺乳期的儿子。"你也该清楚，"她咬着我耳根说，"我跟她们不一样，我只是想跟你好好过日子……哎，你到底有什么好呢，嗯？ 为什么那么多女人喜欢你，缠着你？"

她还没说完我就把她扑倒在宽大的沙发上了。 沙发弹性很好。 我喜欢跟女人做爱时脚趾触到温软的棉布。"好了……好了，我要去接丁丁了，"李红喘息着推搡开我，笑着拧了拧我的鼻子，"你呀，浑身总有使不完的劲。"

她走了，房间里又剩下我一个人。 我突然不知道该干点什么好。 我先给单位打了电话，接电话的是王雅莉。 她是我们单位去年新招聘的大学生。 她细声细语地告诉我，她已经帮我把两家企业的申报表录好了。 我只是"嗯"了声。这个安静的姑娘似乎对我很有好感，如果我没去上班，她会很自然地接手那本来应该由我处理的事。 接着我又给康捷打了个电话。 我听到麻将牌掉到地板上的声响，他似乎在叼着香烟讲话，口齿不是很清晰，他说："怎么样？ 嗯？ 爽了吗？ 你该好好谢谢我！ 明天，记住，明天去大陆海鲜请我吃龙虾！"然后是哗啦哗啦洗麻将牌的声响。

还好，李红很快就把丁丁接回来。 丁丁回家后的第一件事就是打开电视看《喜羊羊和灰太狼》。 这是部整个银河系最烂的动画片。 它不会让孩子们变得可爱，只会让孩子们变得更蠢。 丁丁就是最好的例子。 李红把丁丁放家后又去美容院了。 这个女人是只永远不会停下来的工蜂。 不过这样也好。 这样能有什么不好的呢？ 我到了书房，打开了那只皮箱。 这是只棕色的皮箱，1994年上大学时买的，我怀疑它根本不是皮子的，而是人造革的，这么多年来，它的色泽越来越暗，已经破了两处，露出黄色的硬纸板。 可这并不妨碍我拎着它从一个地方走到另外一个地方。 里面也没什么东西，一只开胶的乒乓球拍，几张散发着霉味的奖状，几束干掉的野花，几本相册，然后，就是那七根羽毛。

我已经忘记了这是我第多少次打开它，在冬日昏黑的光线里欣赏这些羽毛了。 屋子里没有开灯。 羽毛色泽暗淡，密集的绒毛上长着一只沉郁的蓝眼睛。

"喂……"

我知道她是在招呼我。 她总是这样招呼我。 她这样招呼我总是让我很不爽。 我不爽的时候通常会保持沉默。 于是我听到她扯着嗓子喊道：

"喂！ 给我一根行吗？"

她把屋里的灯打开了，站在门口俯视着我。 我还从来没见她用过这种眼神跟我说话。 她棕色的瞳孔里流出的是那种类似濒死的小野兽特有的温情。 这眼神让我感觉很舒服。我问她："喜欢吗，你？"

"这是孔雀的羽毛吗？"

"嗯。"我拿起一根朝她晃了晃，然后麻利地放进皮箱。接着我把另外六根羽毛也放进了皮箱，用乒乓球拍压住。 皮箱拉链拉起来的动静很响，我留意到丁丁棕熊般的身体随着拉链的声音颤抖了下。 我把皮箱塞到沙发底座下面，这才对她说："喜欢的话，叔叔以后给你买。 动物园门口不光有卖孔雀羽毛的，还有卖象牙的、卖獭兔的、卖蟒蛇的……你喜欢红屁股的金丝猴吗？"

"我就想要刚才的那几根，孔雀羽毛。"她咬着肉嘟嘟的嘴唇说。

"哦……这个……"

"七根，"她眯缝着眼睛说，"一共是七根，快点给我。"

我盯了她半晌，说："放心好了，我一根也不给你。"

她的脸通红通红的。 她似乎要哭出来了。

我说："别想得到不是你的东西，知道不？ 如果你现在不知道，长大了就会很狼狈。 尤其是你这样一个又胖又丑的女孩。"

她肯定听不懂我在讲什么。 她只是轻声轻语地说："我会告诉我妈。 我会跟她说，你连根孔雀羽毛都舍不得给我。 你不怕我妈生气吗？ 你不怕我妈把你赶出这座房子吗？"她倚着门扶手插着胳膊站在那里，说话时除了肥硕的双腮鲇鱼般翕动几下，她的整个身体仿佛就是根冰凉的、粗糙的大理石柱。

我点了支香烟。 我觉得这确实是件挠头的事。 后来，我站起来摸了摸她的头顶："随便，我又没用针缝你的嘴，你想怎么说就怎么说。 说实话，叔叔一点都不喜欢你，真的。 可是，叔叔还得装出喜欢你的样子，这挺难受的。 我从来没见过你这么讨厌的孩子。 你跟小虎比起来，简直一个是天使，一个是狗屎。"

丁丁就是这时哭起来的，李红也是这时拧开防盗门走进来的。 不过，她似乎并没有听到我说了什么。 如果她听到了，那天晚上我也不会躺在她的床上了。 她给丁丁买了蜂蜜小面包。 吃了蜂蜜小面包的丁丁不哭了。 那天晚上，李红搂着我说，跟孩子计较啥呢，孩子是什么？ 孩子就是小动物，小动物喜欢什么？ 喜欢甜的喜欢暖的，你往她的嘴里塞块糖，给她的脚上套只棉袜子，她就欢喜了。 她没有跟我说孔雀羽毛的事，也许她说了，我忘了，我唯一记得的是那个晚上，她趴在我身上狠狠咬我肩膀，就像一只记仇的獾终于用獠牙狠狠咬住了它的敌人，良久都没有松开。

五

我足足打了十几遍手机曹书娟才接。 很显然她记住了这个不受欢迎的号码。 让我略感意外的是，她似乎颇为平静，没有丝毫厌恶的意思。 她说，她现在很忙，只能给我一分钟。 她还说，我跟你已经离婚了，我们现在连朋友都算不上，不要动不动就骚扰我。 说到"骚扰"这两个字时，她语气冷静，仿佛只是在转述别人的台词，表明别人的态度。 我只好跟她说实话，我必须跟她说实话。 我必须把上次在冷饮店没说出来的话全告诉她：

"我想要小虎。"

"你说啥？ 大声点。"她有点不耐烦地说，"你难道不能换部好点的手机吗？"

"我想要小虎。 我想把小虎接过来，跟我一起住。 听清了吗？"

"你疯了吧，宗建明？"曹书娟惊讶地问道，"你是不是刚从五院里跑出来？"

"没错，我刚把精神病院的护士全打晕了。 我正在开着飞机在世界各地旅行。"

曹书娟半晌没说话，她不说话就表示，她正在认真对待我。 她必须把我的话当成真话。

"你连房子都没有。 你现在还住你娘头家。"

"这个不用你发愁。"

"行了，别做梦了，宗建明。 你总是在梦游。 你总是搞不清，你是什么东西，你配有什么东西！"

曹书娟大吼一声挂了手机。 她挂得很是时候。 如果她还吼叫，她的声音肯定跟我的手机一起摔到地上了。 后来我就坐在马桶盖子上抽烟。 我的要求难道真过分吗？ 我想小虎了，我想把他接过来一起住，这一点都不过分。 如果这个算过分，那么，世界上还有什么不过分的事？

我突然想把这件事讲给别人听。 于是我坐在马桶上给康捷打手机。 刚接通我就按掉了。 我觉得如果康捷知道了我以前那点鸡巴事，肯定瞧不起我。 除了小时候赢过他一场球赛，我好像样样都不如他。 我就给马文打，马文很利索地接了。 不过，我干吗要跟这个喜欢吃巧克力的胖子说我的私事？ 他知道的还不够多吗？ 我又不是个喝醉了的抑郁症患者。 后来我就给菲菲打。 菲菲是个可爱的东北姑娘，跟我有过几腿，她最擅长的是冰火两重天。 她极瘦，躺在白色床单上扭动身体时，就像医学院的教授在冷漠地摆弄一副人体骨骼标本。 她极爱说话，如果你不打断她，她可以从地球一直说到冥王星。 她是个无所不知的人。 可惜，那天她在电话里的声音扭捏不安，我隐约听到了一个男人粗重愚笨的喘息声。 打扰一个女人做生意是不厚道的，我只得恹恹地掐掉电话。 后来，我索性打开手机上的电话簿，一个人名一个人名地翻，翻到最后一个人名，我才发觉，我竟然没有一个可以说话的人。 这个念头让我沮丧起来。 这沮丧来得如此猛烈，以至于当李红敲起厕所的门时，我还在愣愣地盯着墙上的一只死苍蝇。 这只苍蝇还没腐烂，我想肯定是以前的某个男人用苍蝇拍随手打死的，而且这个男人有洁癖，他甚至不愿意把这只苍蝇扔进垃圾箱。

“你有空吗？”李红斟酌着问，“我想跟你……谈些事。正经事儿。”

“我很忙。 你没看到我正忙着吗？”

“是啊，你是很忙。 我长这么大，还没见过有人穿着裤子拉屎。”

我只得从厕所里磨蹭着走出来。 她能有什么事？ 什么重要的事能让她舍得放下美容院的顾客？ 我狐疑地盯着她。我肯定把她盯毛了。 她的唇边粘着一粒米粒。

"曹书娟给我打电话了。"

"什么？"

"曹书娟给我打电话了。 听清楚没？ 曹书娟给我打电话了。"

这倒让我有些毛了。 曹书娟给她打电话？ 她们根本不是一个星球上的人。 她们之间有数十亿光年的距离。

"我不知道她怎么找到我的。"李红双臂交叉倚靠着推拉门。"不过，她真的给我打电话了，"她似乎为接到我前妻的电话有些抱歉，"曹书娟说，你想把小虎接到我这儿来。 嗯？"

我不知道该答"是"还是"不是"。 如果回答"是"，那么我肯定是个不知趣的男人，竟然想把儿子接到情人家里住。 如果回答"不是"，那么我肯定是个虚伪的男人，竟然不敢承认想把儿子接到情人家里住。

"我知道你是个好爸爸……"李红压着嗓门说，"你对丁丁那么好，更别说对小虎了，"她摸了摸我的下巴，"可你有没有想过我的感受？"她的眼睛潮了。 我知道她是个容易动感情的人，我想她那些年费过万的客户都是被她湿漉漉的眼神打动的。"我已经很累了，我不想把自己弄得更累。 谁希望自己总是筋疲力尽呢？ 你说呢？"

我只有说"是"。 我肯定不能说别的。

"如果你真的想小虎了，可以把他接到家里住几天，"她轻声轻语地说，"这个我绝对没有意见。"

我走上前紧紧搂住了她，然后垂下头吃掉了她唇边的那颗米粒。她在我怀里突然小声抽泣起来。她也把我搂得紧紧的。她的胳膊那么细。她的细胳膊上长满了浓重的体毛。我一直不明白她为什么不把她胳膊上的毛给刮掉。

"我肯定会把小虎要过来的。"我望着她的眼睛，"我想跟我儿子住一块。这段日子，我总梦到他……"

李红一把推开我，然后仰着头看我。她的表情有些错愕。也许她认为她的这番话是白说了。她往后退了两步，又扫我两眼，转身就走了。她关门的声响不大，说明她还没有真正生气。女人真正生气的样子我再熟悉不过。她们都有一个共同点，那就是，她们的瞳孔会喷出紫色的火。那股火焰会让她们精致的脸庞在瞬间变得畸形，仿佛一个塑料玩具被人狠狠踩了两脚。

我从楼上鸟瞰着她上了她的那辆马6。她开车的速度还和往常一样慢。她是个急性子的人，可她开车时速从来不超九十公里。这很好，她开了十几年的车，从来没有撞过别人，也没有被别人撞过。

六

其实跟曹书娟彻底分开时，她把那栋房子留给了我。这说明她还算是个有良心的人。 她离开后，我跟一个饭店的服务员搞上了。 这个服务员长得很像香港演员温碧霞。 我喜欢所有长得像温碧霞的女人。 她跟我在房子里住了很长一段时间。 她还只是个十九岁的女孩，从燕山山脉的一个山沟里走出来不过半年，口音里还带着艮栗子味儿。 这个年岁的女孩谈恋爱不要别的，只要你帅就行。 当然，如果你长得帅，有份稳定的工作，还有自己的房子，那就更好了。 我确信那段时间我彻底忘了曹书娟，彻底忘了小虎。 我突然就得了失忆症，不久前发生过的事突然就像一粒沙子落在沙漠上，没一点踪迹。 这让我想起一部美国电影，主人公得了一种奇怪的病，每隔五分钟，他就会把发生过的所有事都忘了，哪怕你还跟他躺在床上，他已经想不起你的名字。 后来他只好给每一个刚认识的陌生人拍张照片，在照片上写上名字，而那些他认为极为重要的线索，则让文身师文上他的大腿根、胸部、胳膊……我确信我比他幸运，下班买菜的时候，会有飘忽的影子倏地闪过。 我会咬着牙齿让那些影子以最快的速度消失……

后来我跟马文说过这种感觉，据他的推测，我那阵时间肯定是得了"选择性失忆症"。 也许这个胖子说得没错。他一直是个聪明人。 当然，比我还差那么一点。 饭店服务员后来为什么离开我？ 我打了她。 我为什么打她？ 因为有一天她心血来潮，在我上班的时候，把我们家的地下室给重新收拾了一下，她把那辆"金蛙"牌三轮车、生锈的煎饼锅、断了一条腿的军用床铺、爬满了蜘蛛网的书橱以及几十双高跟鞋全部卖给了一个绰号"皮诺曹"的红鼻子老头。 服务员哭着走了后，有个在歌厅陪唱的小姐曾跟我同居过几个月。 我就是那个时候迷恋上赌博的。 要是李红知道我赌博时曾经输过一栋二层独院小楼，那么她肯定不会让我跟康捷他们去打麻将。

在那段声名狼藉的日子里，我身上通常不会超过二十块钱。 一个离婚的男人如果混到这份儿上，只能有一个办法，那就是去找他腰缠万贯的前妻。 刚开始的时候，曹书娟是一万一万地给，我记得很清楚，她总是把那些捆得极为齐整的人民币狠狠砸到我脸上。 然后我就拿着我前妻的钱，继续去赌。 输掉后我还去找曹书娟，我觉得如果我不去找她要钱，我就太对不起她了。 她生性贪婪，后来几次，只是两千两千地给。 她面无表情地把钱塞到我的衣兜里，鼻子里哼哼着，明显是对我的这种行径极为鄙视。 可这有什么关系？ 如果当时有人让我吃泡狗屎，再给我五千块钱，我肯定吃。 再后来就找不到曹书娟了。 这个吝啬小气的守财奴在我的生活中消失了很长一段时间。 那段时间里我一直住单位宿舍。 那帮赌徒也没联系过我，也许在他们看来，我只是堆散发着恶臭的垃圾，连个馊馒头也拣不出来了。 那时我们单位的人见了我都避之不及，仿佛我身上的厄运随时会像病菌一样传染给他们……当那天马文皱着眉头说外面有人找我时，我愣了半晌。 后来马文嘴里嚼着巧克力继续大叫我的名字，我才哆嗦着走到单位门口。 那天多冷啊。 那是有生以来最冷的一天。 就在那一天，我在我们单位门口看到了一个男孩。

这个小男孩裹着件白色羽绒服，羽绒帽子外面还裹了条桃红色的围脖。 他站在那里一动不动，仿佛雪后刚堆好的雪人。 当他小跑着到我跟前时似乎犹豫了一下，然后死死抱住了我的大腿。 我就是在他抱住我的刹那知道了他是谁。 能是谁呢？ 还能有谁呢？ 只能是我的小虎。 小虎。 我的儿子小虎。 我上小学三年级的儿子小虎。 考试从来很少及格的小虎。 我蹲下去，拨拉开他的帽子和围脖，轻轻蹭着他的小脸。 他什么都不说。 他好像离我很远很远。 当我试图去亲吻他的脸蛋时，他才害羞地笑了。 我承认，这是我这辈子见过的最好看的笑。 他把一个信封偷偷塞到我手心里。 他说："爸爸，这是我攒的钱，给你买好吃的。"

他怎么来的，又怎么走的，我竟没留意。 我当时打开了那个信封。 信封里装了二十五块钱。 钱很旧，闻上去有股馊味。 我就攥着有馊味的二十五块钱，在寒风中站了几分钟。 从那以后，我就再没赌过。 后来跟康捷混上，也只是随便玩玩，那种动辄上万的游戏，我再也没碰过。

"我知道你彻底戒了，"康捷说，"我相信你再不会碰了。"他那几天一直犯牙疼，总是耷拉着八字眉吸溜着空气，同时眼神里流露出不耐烦的神情。"可是一下子借这么多钱……"他左边的眉毛快耷拉到肥硕的腮帮子上了，"我也拿不出啊。"为了证明他言辞非虚，他只得继续说："你也知道，去年秋天接的那笔活，账到今天也没要来。 建明啊，财主也不是天天吃龙肝凤胆啊，是不？"

我很郑重地点头。 我必须很郑重地点头。 任何一个人，如果碰到有人跟他借二十万，即便他没牙疼，肯定也是康捷这副嘴脸。 事后我想不起怎么就去找康捷了。 跟人借钱最好撒谎，但是跟康捷借钱，最好实话实说。 我说，我想买房子。 我想把小虎要过来跟我一起住。 我经常在梦里看到他。 我快受不了了。

"晚上呢，别走了，来一帮贵客。 你帮我陪陪酒吧。 这几天我的牙快疼死了。"他忍不住用手指去抠自己的臼齿，"有时候坐床铺上，一坐就坐到天亮。 操他妈的，我多希望自己的三十二颗牙齿都完美无瑕啊，"他的舌尖不停伸缩着舔那颗牙齿，"就像个十六岁的雏儿。"

康捷的朋友很多。 那些人无一例外都是他的贵客。 穷极无聊时我曾总结过他的朋友圈：一种是他的小学同学，没什么本事，做点小本生意，这些人包括卖水暖配件的、卖农机的、卖圣象木质地板的、卖劣质化妆品的，他们一般都开松花江或者长城皮卡，来找他的原因也简单，无非是借钱；一种是他的生意朋友，那些人大都跟建筑、饮食和娱乐业有关，他们开的车都比康捷的那辆丰田霸道要好；还有种就是行政口的，国地税工商局银行建设局环保局城建局，也许可以这么说，在这个县城里面，每个行政口都有康捷的人，那些人基本上都开着十来万的车，他们的白眼仁通常都会比黑眼仁多一些。"今儿晚上的人你差不多都认识，都是好哥们儿，"他递给我一支香烟，"先别想房子的事了。 每个人都有受不了的事，但也得受着啊，活着不就是受罪嘛。"

如康捷所言，那天晚上来的客人我大部分都认识。 一个叫"刺猬"，是环保局质检科的科长，长着两道残眉，从来不笑，喝起酒来从来不醉。 一个是银行储蓄所的所长，明眸皓齿，貌比潘安，见人总是颇为含蓄地颔首微笑，仿佛他是个来开新闻发布会的明星。 还有个是财政局的科长，据说平时好写点豆腐块文章，发在我们这里的晚报上。 那个有点秃头的是县医院实验室的主任，他很有名，不过他有名不是因为他的医术，而是因为他小姨子，他小姨子跟了他十三年，当然，他老婆没死，活得好好的，他们也没离婚……只有一个不认识。 我不认识这个人，是因为我真的从没见过他。他大概不会超过二十五岁，头发黄黄的，眼窝很深，瞅人时眼神涣散，当发现别人注视他时，他才朝别人木木地点一下头。

"这是李浩宇，"康捷说，"人劳局的李浩宇。 浩宇过来。"李浩宇就低着头走过来。"这是宗建明。 税务师事务所的。"李浩宇就跟我握手。 他的手心潮乎乎的。 我很少碰到冬天手心潮湿的人。 一到冬天，大部分人的手心会非常干，并且手指上的皮肤会因燥冷的气候变得粗糙蜕皮。

那天晚上我们喝了三瓶十斤装的张裕干红。 那种酒的玻璃瓶足有两尺高，卡在造型优美的木头匣里。 他们忙着打麻将时，我就和李浩宇忙着开酒。 我们都没喝过这种包装的酒，鼓捣半天也没把红酒从包装盒里拽出来。 后来李浩宇转身从厨房里翻出把锤子，然后照着木头匣子狠狠砸下去。 他的手指又细又白，有些像女孩的手。 高过膝盖的红酒从匣子里取出来了，可是倒起酒来很费事。"有暖壶吗？ 有暖壶吗？"李浩宇皱着眉头凝望着我。 我说肯定有，谁家没一两个暖壶呢？ 他就吩咐我去拿。 这孩子可能很少参加这样的场合，为了证明自己是个聪明能干的人，他努力在每一件小事上都显现出自己的镇定干练。 我把暖壶随手递给他。 他眯缝着眼睛盯了我一会儿，匆忙低头把红酒灌进暖壶里。

"你是近视眼吗？"我问他。

"不是……哦，是……"他慌忙回答问题时，红酒就从暖壶里溢出来。 那些红色的液体很快就把乳黄色的瓷砖洇了一大片，他"啊"了声后转身去拿拖布。 他就是在转身的刹那间跌倒的，一只脚顺势把暖壶蹬出了足有两米远，然后，伴随着"砰"的一声，暖壶就碎了。

说实话，这个场景给我留下了异样深刻的印象。 包括我后来去做那件事的时候，我在车里还想起了那个暖壶，以及从暖壶里洒出来的飘着香气的葡萄酒。 满满的一暖壶葡萄酒把地板变成了一块猩红的大绒布。 当康捷踱步过来时，李浩宇刚从地板上爬起来。 他的浅色牛仔裤全湿了。"哦。 没事的浩宇。"康捷还在用舌头不停地舔着那颗臼齿，"岁（碎）岁（碎）平安嘛，你的腿没伤着吧？"

李浩宇小声"嗯"了声，又支支吾吾说："没事。""没事就好，"康捷笑了笑，"你们慢慢拾掇吧。 放心好了，我的酒窖里还有十来瓶这样的红酒。 一会儿你们尽管去拿。"

我不知道该怎么安慰李浩宇。 当然，如果他是个姑娘，我肯定有办法。 我就盯着红酒继续在地板上流。 后来当我瞥李浩宇时，我发现他也在看我。 他竟然在笑。 他笑起来的样子有点像鼹鼠。

"真够丢人的，"他用手掸了掸仍滴答着葡萄酒的裤子，"我长这么大，还没碰到过这么丢人的事。"似乎为了安慰我，他的手稍显迟疑地在我的肩膀上重重拍了下。"可谁没疏忽的时候呢？ 凡事包容，凡事相信，凡事盼望，凡事忍耐。爱是永不止息。"他的手还停在我肩膀上，"这是《新约·哥林多前书》第十三章里的。 你觉得有没有道理，宗建明？"

七

那天晚上，县医院的医生喝吐了。 康捷和我开着车去送他。 都子夜一点了，他老婆和他小姨子还在门口等着这个脸色浮肿的男人。 然后康捷又去送我。 在路口我们遇到了红灯。 康捷就窸窸窣窣地从放光盘的地方扯出个信封，抖了抖递给我。 我摸了摸，很厚，但是还没厚到可以交房子预付款的地步。"这是两万块钱，你先拿去用吧，"他咧着嘴说，"牙真他妈疼……哎哟……等过段时间资金回笼了，我再替你想办法。 成吗？"看我没吭声，他突然笑了："你别不知足，这些钱够一只'鸡'卖多少次啊？"我想了想说，我不是"鸡"，我是你哥们儿。 康捷就不笑了。 他把信封从我手里冷不丁抽回去，摔到玻璃窗上说，你他妈爱要不要！ 我可没欠你的！ 我慌忙着又把信封抓过来塞进裤兜。 我小心地笑着说，我不是嫌少，而是你给得太多了。

　　他对我已经够意思了。 说实话，我跟他混也就这两年的事。 那是个无聊的饭局。 请客的是家钢铁公司老总，由于我们单位的关系，我被隆重地邀请过去。 我知道在那种场合该怎样喝酒，该怎样说话，以及该说怎样的话。 那种八股文的程序既乏味又约定俗成。 譬如先敬谁酒，后敬谁酒，然后主人几个黄色笑话过后，酒场就像水烧滚了。 主陪会挨个敬酒，如不出意外，主陪一般都海量，不仅海量，口才一般都不输《百家讲坛》那些信口开河的狗屁学者。 那天他们干杯时，曹书娟的电话偏就打过来。 我忙去接，有个男人就说，喂，宗主任，业务这么忙？ 我强笑着说，是你嫂子。 男人就问，哪一房啊？ 大嫂还是二嫂？ 我想想说，不是大嫂也不是二嫂。 男人问，你肾功能还挺强！ 两个还不够你忙活？ 我诺诺着说，不是你嫂子……是我前妻。 男人就说，前妻也是妻嘛！ 谁能说你用过的尿壶扔了，就不是你的尿壶了？ 众人哄笑。 后来这男人亲昵地搂了我脖颈，一起去洗手间。 在洗手间曹书娟的电话又打过来，我听到她"嗡嗡"地说，她打算好了，房子给我，小虎她要。"我不起诉你已经比上帝都仁慈了，你不能说不，听清没！"她用惯常的口吻一锤定音，"从今后，宗建明，你再也见不到小虎了！"

我愣愣地挂掉电话，那个男人也刚好方便完。他拍了拍我肩膀，问道："哥们儿，我问你件事。"我说随便。他沉吟片刻说："你是不是叫宗建明？"我说是。他笑嘻嘻地问："你还记得一九八七年，夏庄的那场乒乓球比赛吗？"我这才正眼观瞧他一番，然后皮笑肉不笑地问道："难道……你就是康捷？"很明显，他对我依然记得他的名字颇感意外。那天晚上，我跟他喝了一斤半五粮液。男人间的交情很简单，无非是酒跟女人。而我跟这个男人，除了这些，还有二十几年前一场乒乓球比赛。我才知道，康捷已经是一家建筑公司的老板。后来慢慢搞清，所谓的建筑公司，有点草台班子的意思，有活了就拉关系、搞竞标、跑批复，活计到手了，再把标的一卖，轻松挣上四五百万不是问题。大多时候，康捷总是比我还悠闲，悠闲的时候，他会时不时叫上我，跟他喝喝酒，打打麻将，陪陪客人。不过，我们再也没一起打过乒乓球。不是我不想打，而是康捷说，自从那次输球给我后，他就再也没摸过乒乓球拍子。

"每次你跟康捷喝酒都会喝多。"李红似乎暂时忘记了小虎的事，对我这么晚从康捷家回来也丝毫没有介意。她一点都不傻。她懂得排兵布阵的道理，知道越是当口，越不能急躁，稳住阵脚才能一招制敌。她嗔怪道："你不就是小时候赢过他一场乒乓球赛吗？至于好得穿一条裤子？"我知道她没生气。 我还知道她对我跟康捷交往还是很自豪的。 女人的男人如果有一个有钱的哥们儿，这哥们儿又对男人不错，女人肯定觉得是件有面子的事。 况且康捷出手大方，给他老婆和他的情人分别办了一张过万的年卡。

"对了，问你件事。"

"问吧。 想问什么就问什么。 我对你就像对它，"我摸了摸下边，"都是最亲的。"

李红没笑。 李红没笑说明她真的有事："丁丁今儿晚上跟我说，前几天她跟你要几根孔雀羽毛，你没给她？"

"嗯。"

"你为什么不给她呢？ 她只是个孩子啊。 孩子最好哄了。 你把她哄高兴了，才会跟你亲……我希望我们结婚后，孩子管你叫……爸爸。"

我不知道该怎么样回答她才好。

"不就是几根破羽毛吗？ 又不是什么值钱的货，至于为了这件小事惹孩子生气吗？"

我随手翻着枕边的几本杂志。 杂志哗啦哗啦地响。

"不会是以前相好的送的吧？"

"是的话我早就扔了。"

"可我还是闹不清，你干吗舍不得几根破孔雀毛呢？"

"是啊，我为什么舍不得几根破孔雀羽毛呢？"

"谁送你的，嗯？"她的手滑过我的小腹，然后就停在那里。 我感觉到小腹慢慢温暖起来。

"我真记不清了。"

"明天你送给丁丁几根，"她一把就抓住了正经地方，我不禁小声呻吟起来，"不，全都送给丁丁，一根不剩地送给丁丁。"

我想跟她说，这几根孔雀羽毛对丁丁并不重要，重要的是她应该带丁丁去市里看心理医生。 这孩子已经有两天没说过一句话了。 可话到嘴边又活生生咽了回去。 我不想她整宿睡不着。 我一个人整宿睡不着就够了。

第二天李红一大早就走了，她去市里进货。 李红走了以后我又开始给曹书娟打电话，我想我一定是疯了，只不过疯得还不够。 如果一个人疯了，而且还没到癫狂的地步，那么他一定是最冷静最理智的。 我知道如果直接联系曹书娟，她肯定不会接我的电话。 我也不知道她是否还在郭六那里上班。 可即便她在郭六那里上班，即便我去郭六那里找她，我又能怎么样呢？ 我以前又不是没去郭六那里找过她。 郭六长得比我矮，也没我年轻，但比我有钱。 他家就住在县城十里开外的农村。 不过他居住的那个村子比较奇特，家家户户都在大规模地生产钢锹、铁锄、斧头、镰刀之类与农活有关的器具，他们将这些农具抛光上油，再卖到缅甸、埃塞俄比亚、厄瓜多尔、哥伦比亚这样喜欢种植罂粟和马铃薯的国家。 他们的村子据说是全亚洲最大的钢锹生产基地，也是整个县城包二奶包得最疯、最明目张胆的地方:大老婆穿着黑棉袄在家里跟雇工一起割道轨、锯铁板，小老婆则在县城里喂养私生子，或者到美容院做昂贵的面膜。 按照桃源县的说法，这个村子的男人普遍吃着碗里的，看着锅里的；左手握着丑陋冰凉的铁轨，右手攥着小巧锋利的镰刀。

"康捷，你知道曹书娟现在……住在哪儿吗？"

"操。 你还当真了？ 这个女人你可惹不起的。"

"那你肯定知道她住哪儿了？"

"我劝你最好别碰她。 你知道她跟着谁吗？"

"我不想知道。"

"你最好知道。 以前她跟着郭六，现在又跟着……"他沉吟了片刻，似乎在考虑是否该告诉我，"现在呢，嗯，她跟……丁盛的关系……很密切。 你总该知道丁盛吧？"

是的，我知道丁盛。 我们都知道丁盛。 这个县城的人可能不知道县委书记是谁，但是没有人不知道丁盛。 他以前是棉麻公司的工人，后来开了一家饭店，五年后他把饭店开到了市里，据说是我们市的第一家五星级酒店。 有钱人手里的钱总是滚雪球般越滚越大，他又开了若干家洗浴中心，然后是全省最大的男科医院。 男人有了钱，肯定又会涉足房地产。 我们县城的大部分商品楼都是他开发的。 所有人都说，他大概是桃源县有史以来最有钱的人。 他到底多有钱？你看看他的车就知道了。

"你最好离曹书娟远一点。"康捷语重心长地叮嘱我，"别等着麻烦上身时，连跑都跑不了。"

"那你肯定知道她住在哪儿了？"

　　康捷沉默着挂了手机。　他担心我，说明他真把我当了哥们儿。　要怪的话，只能怪我不够哥们儿，我从来没把我跟曹书娟的关系告诉过他。　他从来不知道，几年前被桃源人嚼烂舌根的"郭六被刺事件"就是我干的。　在传闻中，我被塑造成一个为了报复妻子出轨策划谋杀的人。　也许他们同情我头上那顶绿帽子，他们把我的形象传得很高大。　他们说我将一把藏刀藏在裤裆里，郭六刚从奥迪 A6 里迈下来，我就猎豹一样蹿上去朝他胸部猛捅三刀，鲜血直接就喷溅到我脸上。然后我用脚踹了踹郭六的肥头，又朝他吐了两口浓痰，这才甩着胳膊扬长而去。　还好，他们并没有让我穿一件"小马哥"那样的黑色风衣，也没有鸽子从我头顶上的天空飞过。可这都不是事实。　事实是，我从来就没有过那么一柄藏刀，即便有，我怎么会舍得把它藏在裤裆里呢？　我事先也并不知道那天晚上会碰到郭六，如果我知道，我肯定会买把更锋利的蒙古刀。　那天晚上我只是和马文跟一个北京来的神经质女人吃烧烤。　也就是说，那阵子我很郁闷。　我怎能不郁闷？我老婆曹书娟失踪了。　我知道她蹲监狱了，可我并不知道她到底在哪儿蹲监狱。　我找了她大半年都没找着，她竟然在我吃烧烤时从郭六的车里款款走出来。　我还记得当时的情景，她昂着头，挺着胸脯，脸上是那种惯常的不屑表情。　郭六搂着她的腰，他不仅搂着她的腰，还在大庭广众之下亲了她一口。　由于他个子比曹书娟矮，他亲她时只能踮起脚。　我盯着他的屁股，突然想把手里还穿着羊肉的钢扦扎进去。　我仿佛听到了钢扦扎进皮肉时轻微的声响，然后血流出来，把略微烤焦的羊肉染得色泽更深些……

康捷还是把电话打过来了。 他毕竟是我哥们儿。 我的哥们儿已经不多了。 他低着嗓子跟我说话，也许我该问候下他的牙疼是否痊愈。 但我没有。 我听他说，曹书娟有时候住在市里，有时候住在酒店，有时候住在县城，而现在……她就在县城的鼎盛花园。"110 栋 3 门 112。"当康捷说完最后一句话时，我听到他深深叹息了一声。

当时是上午九点，这个时候曹书娟通常还没起床。 日子好过些后，她一般都十点起床。 那个时候，她不再中午时到学校门口卖鸡蛋煎饼，她到郭六的钢铁厂当了财务科长。 那是最安静的一段时期。 她喜欢醒后再赖在床上半个多小时。当我催她给小虎去做饭时，她总懒洋洋地说，让我苏醒苏醒吧，宗建明，让我苏醒苏醒吧。 我讨厌她在日常生活中使用书面语。 跟她不同的是，我从来不喜欢"苏醒"，我从来不知道"苏醒"是什么滋味。 我干吗非要知道"苏醒"是什么滋味呢？

八

我按了不下二十次门铃。 估计曹书娟在猫眼里观察我半天了。 小虎肯定没跟她在一起。 听说小虎被她送到了市里的私立学校。

我说:"开门,曹书娟。"

我说:"你为什么不开门呢? 我只是想跟你说说话。"

我说:"你把门开开吧。 我没有别的意思,我只是想跟你聊聊。"

我说:"我知道你恨我。 你恨我是应该的。"

我说:"我们从十六岁就谈恋爱。 难道你现在连见一面的机会都不给我吗?"

我说:"如果你还恨得牙根痒痒,你就把我在笼子里关上半个月。"

我说:"曹书娟,你不开门的话,我就把这扇门给砸烂了。"

我说:"开门,曹书娟。"

我说:"谁没疏忽的时候呢? 凡事包容,凡事相信,凡事盼望,凡事忍耐。"

最后一句话是李浩宇说过的。 不过从我嘴里说出来有些可笑。 我彻底没辙了。 我不可能真拿锤子把门砸烂了。 我可不是个野蛮的人。 我上过大学,小时候就会给牛接生,我是个没有成功的天才。 我突然想哭。 我好久没哭过了,或者说,在我有生以来的记忆中,我好像就没哭过。 可那天,坐在曹书娟家门口的楼梯上,我突然想哭了。 我知道这很危险。 这不是好兆头。 很好,这个时候我接到了李红的电话。 她貌似漫不经心地询问我,是否已经把那几根破孔雀羽毛送给了丁丁。 我说,丁丁不是上学了吗? 李红就说,中午你接她吧，顺便带她吃肯德基，再把那几根破羽毛给她，为了给她一份惊喜，你可以把羽毛用礼品盒包装起来。我打着哈欠说，单位很忙，中午有客户要请吃饭。李红就嘟囔着说，你少喝点酒啊。你现在每喝必醉，简直有酗酒的倾向了。

从十一楼坐电梯下来，我才发现下雪了。桃源总这样，每到冬天就铺天盖地地下雪，把各种颜色都染成白色，看着挺耀眼挺迷人的。我缩着脖颈，突然不知道去哪儿。我好像没有任何必须去的地方。我多想找个会出气的说说话啊，哪怕它是条狗。还好，在小区垃圾箱旁，我真的遇到了一条流浪狗。说实话，我还从来没见过浑身没毛的狗。它看上去更像一头营养不良的猪崽，在一堆被刨得杂乱的垃圾中急切找寻着食物。当它发觉我在冷眼看它，它也漠然地瞥了我一眼。它的黑眼珠在雪地里像两颗煤核儿。我顺手摸了摸衣兜，我记得里面还有两根火腿肠。后来我俯身蹲它旁边，剥掉肠衣，犹豫着递到它嘴边。它嗅了嗅，一口就吞下去。它竟一口把整根火腿肠吞进肚子。我忍不住伸手摸它。它没动。它的皮肤像张砂纸，长满了烂苔藓的砂纸。

我起身离开时，它的眼里忽然流出两行泪。

一条会流泪的狗。我碰到了一条会流泪的狗。我本来想把那条流浪狗带回家，可是后来又想，我都不能带小虎回家，更何况一条长得那么丑的狗？街上行人稀少，下雪天，他们都喜欢猫在有暖气的房间。我也不例外。我已经很长时间没去单位报到了。 我们所长，那个喜欢跳交谊舞的老太太，对我不是一般的宽容。 也许在她看来，像我这样的男人能安全地活着，不给她添什么乱，已让她感激到烧香拜佛了。

在单位门口我碰到了王雅莉。 她见到我似乎很惊讶。她说刚想打电话给我，有人找我呢。 我漫不经心地问是谁。她垂着头喃喃道，喏，他还没走呢。

是李浩宇。 李浩宇坐在办事厅的椅子上抽烟。 他是个不会吸烟的人。 他只是把烟从鼻孔里艰难吸进去，顷刻间又从嘴里吐出来。 他吸烟的样子让他显得既寒酸又古怪。"哦。 我来这儿有些公务。 不过已经办好了。"他朝我迅速瞄一眼，低着头又猛吸了一口香烟。 接着他佝偻着腰剧烈咳嗽起来。"我这几天有些感冒。 你知道，冬天简直是气管炎患者的地狱。"他哆嗦着掐掉香烟，盯着墙壁突兀地问道，"中午你有空吗？ 我请你吃涮鱼。"也许他怕我对他过分的热忱有所疑虑，接下去他貌似坦荡地感慨道："下雪吃鱼跟红泥火炉话春秋，人生两大快事呢。 金圣叹说的。"

我从没听过金圣叹这个名字。 看来李浩宇的确是个有文化的人。 他说的话我都听不大懂。 我还是绷着脸。 他连忙小声商量着问："不然……我们叫上康哥吧？"我说不用了。他牙疼，请一个牙疼的人喝酒，只会让他的牙更疼。 他如释重负般"哦"了声，弯下腰替我把门拉开。

我没想到他会把吃饭的地方选在"香湾活鱼锅"，以前曹书娟我们经常来的地方。 把一尾鲜鱼煮进麻辣的汤里，鱼的味道真不是一般的鲜美。 李浩宇把鱼眼附近的嫩肉小心着剜出来，全夹进我的吃碟，他自己则只吃了几根半生不熟的菠菜。 我们喝了一瓶五十年陈酿的茅台，是他从车里取出来的。 说实话，我没想到这孩子有一辆宝马。 看来真是人不可貌相海水不可斗量。 我突然知道康捷为什么要跟李浩宇这样的人交往了。 李浩宇没上几年班，又没什么职位，他们来往的唯一原因就是，李浩宇可能是个所谓的"富二代"。

酒的味道挺醇厚。 事后我想起那个漫天飞雪的午后，我跟个只见过一面的孩子吃了顿还算丰美的午餐，确实有些不可思议。 我不是那种自来熟的人，他好像也不是。 不过我们还是说了些话。 他的话有一搭无一搭，全然不在情理之中。 有那么片刻我愣愣地盯着他。 他的人中很短，按照桃源县的说法，他的寿命应该不会太长。 与他的人中相比，他的下颌则很长，这让他的脸颊有些失去比例，有种滑稽中的威严。 而他的眼睛……怎么说呢，很纯。 我不知道用"纯"这个词来形容男孩的眼睛是否合适，可事实是，他确实有双似无辜的眼睛。

"我知道你的酒量很大。 听说有一次你自己就喝了两斤衡水老白干？"

"老皇历了。"

"听康哥说，你打得一手好乒乓球？ 你跟刘国梁交过手，还赢了他一局？"

"我有三两年没摸过球拍了。"

"我嫂子是开美容院的吗？"

"我还没结婚。 不过……我结过婚。"

他好像不清楚问什么好了。 他的牙齿间咬着一根青菜，呆呆地望着翻滚的鱼身。

其实，我本来想告诉他，我二十一岁就跟曹书娟结婚了。 我们都是农村出来的，我是凤凰男，她是凤凰女。 我在税务师事务所上班，每个月只有七百块。 曹书娟在县锁厂当配件工，每个月四百五十块。 生下小虎后她只待了两个月产假，就去一家私人文印部当打字员。 小虎两岁时，她开始频繁更换工作：先是辞掉了打字员的职位，到农贸市场卖山东煎饼，然后到一家冷饮店当门童，专门对那些前来吃冰淇淋的孩子像鹦鹉那样不停地说着"您好，欢迎光临"。 之后，她又跟亲戚推销一种昂贵的保健品，传销禁止后她借钱买了辆二手电三轮，晨起六点钟就到汽车站、小区门口拉客。 有一次马文母亲住院，马文夜间陪床，清晨去上班，随手在医院门口招了辆三轮车。 那个车夫裹着军大衣戴着白口罩，脚上蹬着双翻毛皮鞋，将马文拉到单位时已气喘吁吁。马文刚想掏钱，车夫摆摆手说，马文，我是你嫂子。 马文这才明白过来，车夫原来就是曹书娟。

"对了，你怎么看待夫妻间的忠诚问题？"李浩宇没看我。 他盯着盘子里的青菜。 他来回用筷子扒拉着青菜："如今搞一夜情的太多了。"

曹书娟就是蹬三轮车时认识的郭六。郭六当晚喝醉了不敢开车，把车停在酒店的停车场。曹书娟将郭六送回家后，在三轮车上捡到一个黑色手包，里面装着手机、身份证、汽车钥匙、伟哥、银行卡和两个数目惊人的存折。她随意从手机里挑了个号码打过去，间接找到郭六，将手包还给了他。郭六很感激，便邀她去他的工厂当现金保管。当然，按照我的理解，郭六其实从一开始就心怀歹意。我甚至可以打包票，这完全是场阴谋。郭六当晚乘坐曹书娟的电三轮，肯定是故意把手包丢在了上面。

"我还没谈过恋爱呢。"李浩宇诺诺地说，"我有婚姻恐惧症。我大学时还得过抑郁症，没毕业就不念了。"

他干吗跟一个不熟的人说这些话？我不是神甫，他也不是信徒。我们也没在教堂里。

"对了，跟你问个问题。你知道宇宙有多大吗？"说到"宇宙"这两个字时，他伸出双手比画了一下。他双手之间的距离不会超过三十厘米。

我就盯着那三十厘米的宇宙说："我只看过《E.T.》和《星球大战》。"

"太阳有一百三十万个地球那么大，而银河系里又有两千多亿颗太阳那么大的恒星。"我盯着他。他的瞳孔放射出一种光芒，让他蜡黄的脸颊在瞬间红润起来。"你可以闭上双眼想一想，两千亿是什么概念……"我的眼睛依然睁着，不过他的眼睛倒是安静地闭上了，"你可能根本想象不出银河系有多大，在我们肉眼看来，那只是一条点缀着星星的河流……前几年，天文学家又发现了五百多亿个与银河系类似的恒星系统。"

"哦。"

"宇宙里肯定有不计其数的外星人。他们之所以没有冒昧地打扰我们，"他艰难地咽了口吐沫，"只是因为，整个地球在他们眼里，只不过是玻璃球那么大小的一个玩具。"他睁开眼，面无表情地凝视着我。"有谁会跟玩具过不去呢？我们这些人，不过是依附在玩具上的细菌。或者说连细菌都不如，只是一个个原子那么大的物质。外星人肯定也不是以我们通常认为的方式存在，他们可能是气体，也可能是液体，更有可能是透明的非物质。他们干吗非得以人类肉体的方式存在呢？"他笑了笑，"没准肉体灭绝后，我们倒有可能在肉体之外见到他们呢。"

我百无聊赖地玩弄着手里的打火机。曹书娟送我的打火机。

"可是，即便我们只是一群细菌，也该有细菌的道德底线。你说呢，宗建明？"

我把一盘宽粉倒进锅里。我有点后悔跟他出来吃饭。他只是个对世界充满好奇的小职员，喜欢跟人夸夸其谈，以显摆自己渊博的知识。可这有什么了不起？我十几岁就会给牛接生。

"有一个细菌想办点事。可是，他不确定，这事儿是否值得他去办，是否值得他付出一些代价。"

　　我什么都没说。 我什么都没说是因为，他说的已经够多了。 当我们结束了这顿午餐，已经是下午两点。 李浩宇坚持开车把我送到单位。 他车技很好，安谧的雪花大片大片打在车窗上，他仍把车开得又稳当又快捷。 他的酒因为凛冽的寒气醒了不少，他肯定也为在酒桌上说了那么多该说或者不该说的话有点后悔，这让他的眼里有种惶惑的神情。 当我下车时，他喊住我，说了句我一辈子都忘不了的话。

　　他说："有人打你的右脸，你把左脸也让他打；有人要你的衬衣，你连外套也让他一块拿走；有人逼你跑一里路，你就同他一起跑二里。 这样会舒服些。"

　　他干吗给我讲这些？ 难道他知道我什么事？ 可即便知道，又有狗屁关系？ 我又不是山西煤老板，为了洗白只得为山西某集团注资五十亿元。 我只是宗建明，输得一个子儿都没有的人。 我摇摇头。 关车门时我听到他"哦"了声，然后微笑着说："不过，以牙还牙的滋味，肯定也挺爽。"

　　当时我想，他不但是个天文爱好者，还是个基督徒，如果他不是个基督徒，那么他肯定是个疯子。 我没有必要听懂一个疯子的话。 我现在唯一关心的是，该怎样拿到一笔钱，该怎样把小虎抢到我身边。 如果真如李浩宇所说，我只是一个肉眼看不到的细菌，那么，这就是这个丑陋的细菌活着的全部理由。

九

"你倒是挺忙活。"李红说,"你这件阿玛尼都快穿酥了。"

"一个客户。他们公司财务出了点问题,想让我们做一套假账。"

"待会跟我一块接丁丁,"李红斩钉截铁地说,"顺便带上你那几根破孔雀羽毛。"

"我待会还要出门。你自己去吧。"

"你能不能对丁丁好一点?"李红柔声道,"你能不能不那么自私?"

"……"

"你摸着自己的良心问问你自己,我待你怎么样。"

"……"

"你再不说话我就把你当哑巴卖了。"

她有资格生气。我重新系上我的围巾,转身去拧门把手。她从身后搂住了我的腰身。我垂下眼睑看着她白皙的手指交缠在一起。

"我们谈谈好吗?"

"我们不是一直在谈吗?"

"不是这样的。"她的声音有些哽咽。她的乳房透过保暖内衣顶着我的脊梁骨。说实话,她破碎的声音完全没有了花腔女高音的高亢，相反，有些像是从羞涩的女孩的嗓音里挤出来的。 有那么片刻，我的眼泪差点就流出来。 我强挺着没有吭声。 她绝对是个好女人。 我现在不缺一个好女人，我缺的只是小虎。

"你把小虎……接过来吧。 两个孩子还是个伴儿。"她的细胳膊仍然没有松开。 不但没有松开，还把拖鞋踢掉，两条细长的腿勾住了我的膝盖骨。 这样，我们两个以一种奇怪的姿势僵硬地站在那儿：我身体向前倾斜，左手牢牢握着冰凉的金属把手，而李红则像只八爪鱼一样手脚并用，缠住了我的小腹和双腿。 也许她也觉得保持这个姿势需要体操运动员的体力和腰肢，很快就从我背脊上滑了下去。 滑下去后她没有像通常打情骂俏那样狠狠地揪住我的耳朵，而是将脸庞死死贴住我后背。

"我真的是想好好跟你过，你知道吗，宗建明，"她的声音很小，"我知道你所有的事，可我从来没有怀疑过你的诚意。 我知道你跟我在一起后，再没有杂七杂八的事。 我们图什么呢？ 我们什么都不图。"她好像终于哭出了声。"小时候我们家住在锦州，那里老地震，我爸爸就说，我们回老家唐山吧，那里地广人稀，鱼虾成群。 于是，一九七六年七月二十六号，我们就举家搬迁到桃源县。 结果刚过了两天，就来了场七点八级的地震，还好我们全家都安然无恙。 有时候我就想，这辈子最倒霉的事已经过去了，后来的事再倒霉，肯定也要比这件事好，所以……"我听到她在拧鼻涕，

"我第一个丈夫和他同事被我堵在他们单位的值班室,我啥都没说,我甚至连闹也没闹。 第二个男人是个杠头,如果你驳他一句,他会有一箩筐的话等着你……我想肯定有更好的男人等着我。 等啊等,就等到了你……我是真的想跟你在一块。 就算你啥都没有,可我真的愿意。 就算你长着一副兜齿,我也愿意。"

我转身抱住她。 她那么瘦小,抱住她时仿佛抱住了一个发育不良的女孩。"你自己去接丁丁吧,"我佯装亲了亲她眼睛,"我真的有事要办。 我要是骗你,我出门就被暴打一顿。"

她笑了笑。 她笑起来的样子还是很好看的。

外面的积雪越来越厚,踩上去能淹没了脚脖子。 我打算去找曹书娟。 这么大的雪,她不可能再开车去市里。 她肯定一个人在家看电视。 她最喜欢看韩国电视剧,尤其是《加油,金三顺》。 也许她觉得她自己就是金三顺吧。

最先发现曹书娟和郭六有勾搭的,是我妈。 她那阵子给我们看小虎。 我妈是个一辈子没进过几次城的农妇,终生的乐趣除了生儿育女,就是拾掇农务,立春栽稻子,二伏割麦子,霜冻收白菜,腊月焐热炕头。 那天她去商场买棉拖鞋。 在商场门口,她看到顾客对两个人指指点点。 她眼花,而且对县城每件事都有种孩子似的好奇心。 她拎着双拖鞋,慢慢踱到那两个人身旁,忍不住"咯咯"笑了。 原来是个男人和一个女人亲嘴。 男人个子矮,女人个子高,那个男人只好把脚踮起。 她的笑声惊动了两个正在亲昵的人。 女人挣脱开男人毛茸茸的手臂，嘀咕了句"讨厌"，从包里掏出口红描了描唇线，机警地朝四周扫了扫。 当她扫射到我妈时，有些诧异似的问："妈，你怎么在这儿？ 又迷路了吗？"我妈去看那男人。 那男人不是我。 那男人怎么会是我呢？ 我妈立马就蒙了。 她没答曹书娟的话，而是指着那个头发稀疏、肥头大耳的男人问道："他……他是小虎舅吗？"曹书娟她哥我妈以前见过，跟郭六模样倒差不多。 曹书娟将了将我妈的衣领，安慰她道："妈，他不是我哥。 他是我老板。"她给我妈买了只赵家烧鸡，让郭六开车把她送回家。 我妈还没明白过来，就被郭六讪笑着推进轿车。 轿车里温度很高，我妈感觉气息急促，心胸烦闷，眼冒金光。 后来，她把早晨吃的咸菜全解恨似的吐在车里。 当然，这件事当时她并没跟我说。她怎么可能跟我说呢？ 她的心脏病已经让她说不出话了。

我大概是最后一个知道曹书娟郭六这对狗男女有奸情的人。 我用皮带狠狠抽了她一顿。 抽完后我想，好了，好了，一切都结束了。 一切都会重新开始。 谁能保证一辈子不犯点错？ 然后有一天，我突然被公安请过去。 他们说，曹书娟利用专用发票偷了八百多万出口退税，结果被海关发现，因为数额巨大，税务部门已将案件移交到他们那儿。 他们只是象征性地通知家属一声。 我当时很纳闷，这事跟曹书娟有什么关系？ 她只是小小的财务主管，偷税这种事，公安不找法人怎么找她头上？ 后来才知道，郭六的厂子曹书娟能当一半家。好些重要协议和单据，都是她签的字。更让我吃惊的是，她一个人把所有罪名都顶下来。那次我在拘留所见到她，她神情淡漠，只是叮嘱我别担心，把小虎带好。她说郭六先让她顶罪，他会在外面跑关系，用不了几天她就能出来。郭六答应过她，等她出来后就给她两百万当酬劳。两百万哪，我记得当时她伸出两根手指，在我眼前骄傲地晃了晃……结果呢，郭六临阵拉稀，并没把她弄出来。她失踪了，我不知道她到底被判了几年，也不知道她被押在哪所监狱……然后就是那个夏天的"郭六被刺事件"，我发现她从里面出来了，仍跟郭六混。只可惜，我那六个穿着羊肉的钢扦并没插进郭六屁股。事实是，在我扑上去的刹那，曹书娟挡住了郭六，那六个尖细的钢扦，全部插在她的乳房上……

　　我为什么要想起这些 B 事？这些 B 事只会让我头疼。我不想头疼，头疼比牙疼更难受。我突然想起李浩宇的话，我们都是细菌。虽然是细菌，我们也要做不头疼的细菌。在鼎盛花园的门口，我又看到了那只流浪狗。我朝它摆摆手，它漠然地瞅我一眼，然后跟着我默默地走，一直走到110 栋 3 门。这个时候我停了下来，它也停了下来。我就摸我的大衣兜，很遗憾的是，衣兜里除了手机和钱包，什么吃的都没有。我蹲下身子朝它吹了吹口哨。它突然大声狂吠起来。当时我想不明白，它干吗那么生气呢？只是因为我没喂它火腿肠吃？

　　事后我想，其实它并没有朝我狂吠。它只是看到了三个彪形大汉站在我身后。他们在我身后大概站了一段时间。后来一个站得不耐烦，这才一脚把我踢了个跟头。他们不但把我踢了个跟头，还用他们粗糙硕大的拳头在我的肋骨、我的鼻子、我的裆部、我的屁股上狠狠砸了若干拳。我被打蒙了，从小到大我还没被这样揍过。有一拳砸在我的肋骨上时，我听到了核桃壳被捏碎了的清脆声响。我想，一定是骨头折了。我只好用胳膊死死抱着我的脑袋。我那阵还清醒，想偷偷看一眼他们的模样，但马上一只拳头就砸在我左眼眶上。他们在打我的过程中没说一句话，我只是听到那只流浪狗在不停地叫，后来叫的声音也渐渐弱下去。我想如果从天空往下俯视，一定是很有意思的事。一个人被三个人拳打脚踢，一只狗在旁边胡乱狂吠。这一切这么安静，跟雪花落在雪花上的声音一样安静……我突然想抱住什么东西，我的手臂似乎想揽住什么。也许他们认为我是想反抗，拳脚上的力道更足了。其实他们根本不会想到，我只是想起了我的儿子，我的儿子有个好听的名字，叫小虎。我想把他抱在怀里。我甚至想起了曹书娟失踪的那段日子……每天下班后小虎都会把饭做好。他才七岁啊。可是他炒的菜是我吃过的最美味的菜，他最擅长的一道菜是红烧鲫鱼……鲫鱼身上的鳞片他总是刮不干净……我那段日子晚上老是喝酒，喝完酒后就躲在书房里上网聊天，要不就激情视频……有一天我听到小虎在门口轻轻地说，爸爸，我可以进来吗？我说进来吧。小虎就站在门口看着我，然后我听到他说，爸爸，我可以站你身边吗？ 我说站吧。 小虎就站在我身边，用他的小手摸我的头发。 摸着摸着他说，爸爸，你能抱我一会儿吗？还没等我回答，小小的一团肉就钻进了我怀里……我就那么搂着他，他的双臂反勾住我脖颈，他的小脸蹭着我的下巴……

✝

我在李红家躺了好几天。 据李红说，我是被一位热心肠的大妈发现的。 她老听到一只狗拼命叫，叫得她心里直发毛，就从楼上下来观瞧。 当她发现我时，我身体僵硬，左手紧紧揪着一只狗的尾巴。 当我被送到医院，他们以为我死了。 我脸上全是血，呼吸微弱。 我像一只弯狗虾般在病床上静静地躺了两个小时。 当李红赶到医院时我还没有完全苏醒。 万幸的是我身体皮实，筋骨一点事都没有。 除了我的眼睛有些浮肿，我简直比医生都健康。"你干吗非要揪住那只狗的尾巴呢？"李红强笑道，"不过，幸亏你揪住了它的尾巴，它才叫的。 它要是不叫，你肯定被埋在雪底下冻死了。"

康捷和马文他们都来看望过我。 康捷什么都没说，只是给了我一个厚厚的信封。 他走后我拆开，里面是五千块钱。马文那几天正闹感冒，说话瓮声瓮气，他说所长去市里开会了，让他代表事务所来看望我，希望我早日康复。 临走前他问我，有没有报警？ 我笑着说，我要是报警了，只会被打得更惨。 他吐了吐舌头。 他的舌头很长，能够伸到鼻尖。

几天后康捷叫我到他家去吃饭。 他说有人送了他一条两米长的深海鱼。 他招呼了几个哥们儿喝两杯。 他没再提我被打的事。 他什么都明白。 当然，他也明白我什么都明白。 我们不说只是因为我们都知道，即便我们说出来，也只是白说。 那天晚上的客人无一例外地全是桃源县的大老板。 我搞不清这种场合干吗让我来参加。 不过还好，李浩宇也在那儿。 见到我时他只是严肃地点点头，然后就站在那些老板旁边，神态自若地看他们打麻将。 他对我的态度和前几天判若两人，我甚至怀疑那天跟我一块吃涮鱼、满桌上胡言乱语的人是不是这个神情高傲的人。 我有点失落。 这种失落一直延续到他主动邀请我去阳台上抽烟。

他抽烟的动作还那样，只把烟从鼻孔里艰难吸进去，顷刻间又从嘴里吐出来。 我们就并着肩望着窗外吸烟。 开始谁都没说话，我不是个多嘴多舌的人。 后来还是他打破了沉默。 他拍了拍我肩膀，问道，你的伤全好了吧？ 我点点头。 他又问，知道是谁干的吗？ 我朝他笑了笑。 他也笑了。 然后我们就继续望着黑暗的天空吸烟。

"你知道吗，有时候望着夜空，我会有种恐怖感。"

"哦？"

"世界上有很多这样的人。 这是种病，叫宇宙恐惧症。宇宙恐惧症始于一种叫人产生幻觉和思维障碍的精神病。 在人类最开始探索太空的时候，飞船的成员少，而且不会跳跃，必须进行长期的飞行。 在这种极度压抑的环境中，某些人就会患上一种心理疾病，这种疾病就是宇宙恐惧症。"

"哦。"

"不过，后来这种病的范围又有些延伸。 面对夜空、星星、宇宙时感到担惊受怕，甚至到了无法控制的地步，也叫宇宙恐惧症。"

"细菌也不是那么好当的。"

李浩宇半天才反应过来。 他"嘿嘿"地笑了两声说："你比我想象的聪明多了。"

那天晚上，晚宴很快就结束了。 老板们晚上一般都比白天忙。 李浩宇走得更早，我甚至都不知道他是何时离开的。最后房间里只剩下了我和康捷。 康捷喝了点红酒，看来他的牙疼有所好转。 我本来也想早早回李红家，可康捷说，他有件事要跟我商量一下。 他说话的口气很郑重，仿佛真有什么事。 他把我叫到书房，把门反锁，又疑神疑鬼地检验了一遍窗户是否关严实，这才拉过一把椅子坐下，跷着二郎腿注视着我。 我被他看得有些发毛。 我说，什么事这么神秘？不会是你中了两亿元彩票吧？ 他没点头，也没摇头。 我就惊喜地问，真中了？ 中的话一定要给我买辆奥迪啊！

"不用我中彩票，过两天你也能买得起奥迪。"他望着我说，"有件好差事，你愿不愿干？ 愿意的话，三天后你就能拿着现金去买车了。 不过，我想你不会买车的。 你现在最想买的是房子。"

我的脑筋迅速转动着。什么事的酬劳能买得起一辆奥迪?

"其实也挺简单,你车开得怎么样?"

"我十六岁就开拖拉机,十七岁开三马子,十八岁开货车。大学社会实践时,我还开着一辆公共汽车绕着市里走了一天。"

"吹吧你,你知道迪拜吉美大酒店在哪儿吧?"

"你说的是阿联酋的那个,还是咱们县的那个?"

"你明天早晨能早起来吗?"

"我整宿整宿地睡不着。我失眠足有半年了。"

"哦。那好办多了。"康捷深深吸了一口气,"明天早晨五点五十你准时下楼。你们家楼下会停着一辆没有车牌的崭新红色霸道。钥匙就在左前轱辘下面。你开上车去迪拜吉美大酒店,停在三号车位。你们家到酒店,最多用六分钟,所以六点钟的时候,你必须准时到迪拜吉美大酒店。六点零五分,会有两个男人上车。"

我盯着康捷的瞳孔。

"那两个男人你肯定不认识。你也没有必要认识。当然,也不会有别的人错上你的车。你不要在车上说任何话。你必须把你当成一个哑巴。然后,你走下道,把这两个人送到市里的西客站。记住,千万别走高速。"

"就这么简单?"

"就这么简单。 他们下车后，你把车开到西客站旁边的香格里拉酒店。 把钥匙放在左前轱辘下面，就可以打车回家了。"

"然后呢？"

"然后明天下午，我会把三十万现金送到你手里。 你来我家拿也成。"

我沉默了足足有五分钟。 这五分钟里，康捷一句话没说。 我们彼此凝望了一眼，然后迅速将目光投向别的地方。 在那五分钟里，我想了不下十种可能，可是无论哪一种，归根结底都可以概括成一句话：这绝对不是一件光明正大的事。 这个结论很蠢，但肯定是我得出的最正确的结论。

"我只是想帮你。"康捷终于说道，"你再这样萎靡下去，一辈子都不会站起来了。 这件事没有任何风险，只要你按我说的办，你就能有笔小财。 这笔小财能让你做点你真正想做的事儿。 何乐而不为呢？"

我还是没吭声。

"如果你不想干也简单，就当没听过我这些话。 我再找别人。 说实话，如果不是看在我们多年交情的分儿上，我绝对不会找你。 你该非常清楚这一点。"

我想抽支烟。 可我摸遍全身也没找到。 康捷就点了一支，递给我。 他的手指碰到我的手指时，我不禁哆嗦了一下。 这时康捷说："好了，你回去睡吧。 我刚才说的话，你只当是我放了一个屁。"

　　我猛地吸一口香烟，盯着康捷说："康哥，你放心，明天的事包我身上。打架亲兄弟，上阵父子兵。"

　　康捷这才笑了笑。我第一次发现，他笑的时候嘴巴有点歪。

　　那天晚上回到李红家时，李红还没睡。不晓得她想什么了，她的眼圈有些发红。我什么都没问，只是把她搂在怀里，安静地躺了会儿。我们也什么都没做。熄灯后我翻来覆去，怎么都睡不着，于是干脆蹑手蹑脚去了书房，把我的皮箱从沙发下拽出来。当我打开皮箱，那七根孔雀羽毛还在，在灯光的照耀下，它们显得色泽斑斓鬼魅妖艳。我躺在地板上，来回摆弄着其中的一根。这是最长的一根，上面的那只眼睛也最大。我把这根羽毛在灯下晃来晃去，晃着晃着我就看到小虎……李红何时走进书房的？我竟一点都没察觉。我甚至没察觉她轻柔地剥掉了我的内裤，软软覆到我身上。当我发觉自己有了反应时，我翻身将她压倒在地板上。我疯了似的进入着她，一声不吭。她起先还配合似的呻吟，后来就被我的粗暴弄烦了，想把我推下去。我咬着牙牢牢攥着她手腕，把她钉在坚硬的地板上。我看到那几根孔雀羽毛在她身底下随着我的动作前后左右轻盈地摆动。后来，我还听到她小声抽搭的声音。当那最后几秒钟如期来临，我们搂抱在一起。没有人肯说一句话。

十一

那天早晨我五点钟就穿好了衣服。 李红和丁丁还在熟睡。 我打开电脑看《海绵宝宝》，一直看到五点五十。 这期间我有种强烈的冲动，想看看楼底下有没有人，有没有车。 不过我的理智告诉我，知道得越少才越安全。 五点五十我准时下楼。 天黑漆漆的，只能看到白色的积雪映衬着暗影。 我真的看到了一辆红色霸道。 我安慰自己，一定要冷静，然后我把衣兜里的一把钥匙扔到地上，佯装捡钥匙时，顺势仔细地摸索着轮胎下面。 下面真有一把钥匙，即便看不清，我也知道这肯定是把崭新的钥匙。 打开车门坐上座位时，我整个人突然松懈下来。 我甚至有点神清气爽的感觉，仿佛我马上就要开着新车去旅行。 是的，就是旅行前那种感觉。 这种感觉一直伴随我到了迪拜吉美大酒店。

虽然停车场的灯没亮，我还是很轻易地就找到三号停车位。 我看了看手机，是五点五十八分。 也就是说，如果不出意外，还有七分钟，就会有两个男人从酒店门口走出来，坐上我的车。 康捷曾一再叮嘱，不要和他们说话。 这难不倒我，我向来是个沉默是金的人。 我记得在那七分钟里，我打开手机，听了一首歌。 那是首俄语歌，是个漂亮男人唱的。 可是我没记住他的名字。 我说过，我对超过三个字的外国名字总是记不好。 不过我知道他的唱腔叫"海豚音"，我还知道有个叫张靓颖的中国歌手也会"海豚音"。 那是首超长的歌，我一边听一边盯着我的手机。 我从来没发觉一秒一秒地数时间，是这么熬人的事。 当俄罗斯男人的"海豚音"响到第二遍时，酒店门口仍然一个人都没有，而这个时候，已经是六点零五分了。

我敢肯定，除了那次，长这么大我从来没有汗毛竖起来的时候。 我之所以知道我的汗毛竖了起来，是我用手背擦脸上的汗时，本来纤细的汗毛扎疼了我。 我只好又把那首《歌剧2》重放一遍。 我的眼睛眨也不眨地盯着酒店的那扇门。 那是一扇透明、豪华的玻璃门。 我能看见门上用金粉描了一只虬龙和一只凤凰。 它们一动不动趴在玻璃门上，不知道什么时候会随着门的转动飞舞起来。 当我发现已经是六点十分时，我的心脏突然狂跳起来。 我有种不祥的预感，一定是哪里出了差错。 如果不是哪里出了差错，一定是我的手机出了差错。 这么想时，我有点恨起自己来。 我嘴里不停地念叨着"稳住稳住稳住稳住稳住"，仿佛不是说给自己听，而是说给那两个我不认识的人听。

当桃源一中上早自习的学生骑着自行车从对面马路上驶过时，我又看了看手机，六点十五分。 也就是说，那两个我从来没见过的蠢货，已经整整晚了十分钟。 我觉得口干舌燥，我当时想，我怎么没拿瓶矿泉水呢？ 即便没拿矿泉水，拿瓶酒也不错。 我突然想起了在康捷家被打碎的那瓶葡萄酒。 想到葡萄酒时我的鼻子闻到了一股浓郁的香气，然后是满眼的红色液体在眼前缓慢流动……

　　我知道，我不能再待在车里了。 我必须出去透透气。 我从车里蹦了下去。 车位离玻璃门的距离不超过十五米。 这十五米我只走了八步。 是的，只走了八步。 我记得我一直在心里念叨着"一步，两步，三步……"。 当我从玻璃转门进去，大厅里一个服务员也没有。 灯光倒是很亮，我猜服务员一定还在睡懒觉。 我忍不住在偌大的前台大厅装模作样转了一圈。 我从没来过这个酒店。 我没想到这个酒店这么气派，墙壁上全是光着屁股的金发仙女。 她们看上去就像是真人被挂在了墙壁上……那两个人就是我盯着油画时从电梯里走出来的。 我当时确实吓了一跳。 他们的头上蒙着黑色头套，看上去就像是香港警匪片里的银行抢劫犯。 他们没有奔跑，他们只是轻便地、快捷地行走，仿佛两个坐长途火车的人到终点站时，旅途中的焦急在迈下火车的刹那，终于被到了目的地这个事实缓冲得懈怠了。

　　我转身就跑。 我有种预感，我等的就是这两个人。 我必须在他们找到我的车时先坐到驾驶员位置。 看来我的判断是准确的，我刚把车发动好，这两个戴黑色头套的人就钻了进来。 我想也没想就将车蹿出十来米。 这时，我听到其中一个压着嗓子说，慢点，路滑。 我"嗯"了声，同时想通过反光镜仔细地看看他们。 我当时特想知道他们长什么样儿。 可是，车行驶了十来里地了，他们仍没舍得把头套摘下来。 我不知道这是否影响到他们的呼吸，不但让他们的声音变形，也让他们显得格外紧张。

"我操！ 这是啥东西！"这人一口东北腔。

"妈的！ 你怎么把这玩意儿带出来了？"另一个也是东北腔，只不过他的声音嫩些。

"这是啥玩意儿？"

"蜥蜴。 非洲蜥蜴。 你不知道啊？ 丁盛最喜欢这些玩意儿。 不过蜥蜴是要冬眠的，跟熊瞎子一样。"

"那这只咋没冬眠呢？"

"如果世界上只有一只不冬眠的蜥蜴，那它肯定是丁盛的。"

"哦。 可能是从他口袋里跑出来的。 真他妈怪，哪有兜里揣着蜥蜴散步的？"

"这有啥啊。 听说他家里还养了好几条黄金蟒蛇呢。"

"养那玩意儿，还不如多养几个老婆。"

"操，他老婆还少？ 五六个也有了！ 他那些孩子因为财产的事，打得不可开交。"

这是两个饶舌的东北人。 后来，我承认，我一点儿听他们讲话的心思都没有。 我的脑袋里只是来回旋转着两个字："丁盛"。 看样子他们是把丁盛给咋着了。 这么想时，我的心跳得更快。 我的车开得比我的心跳还快。 我从没想到我能在积雪里把车开得如一头敏捷的麋鹿。

接下去简单多了。 我把他们送到西客站时，还不到七点钟。 我在雪天只用了四十分钟就走了一百二十里路。 我对我的速度很满意。 唯一遗憾的就是,直到那两个东北人下车,我也没看清他们的模样。 这一点都不重要。 重要的是我把车安全地停在了香格里拉大酒店的停车场。 当我呼着长气转身下车时,突然有个东西从我肩膀上蹿了出去。

那是一只蜥蜴。 一只绿色蜥蜴。 这是我第一次看到真的蜥蜴。 它足有半臂长,趴在水泥地上,恐龙样的头颅上长着两只棕色的眼睛。 它静静地瞪着我,仿佛随时听从我的吩咐。 它在等我一起散步吗? 那两个东北人干吗没把它带走? 我忐忑不安地盯着它,俯身把钥匙放在轮胎下。 当我打上出租车时,它还以最初的姿势卧在那里。 我不时扭过头,透过车窗回望着它。 我相信用不了多久,这只没有冬眠的蜥蜴就要被冻死了。

到桃源县城时,太阳已经完全出来了。 李红见到我时有些不满,也许昨天晚上我确实把她弄疼了。 她大声地询问我大清早的跑哪儿去了,连个招呼都不打。 我朝她笑了笑。她就说,别自作多情了,你笑起来挺丑的,鼻子那么尖,还长着副兜齿。

我就说,我知道。 他们都说我像俄罗斯人。 他们都说我长得像普京。

十二

丁盛的事,当天下午就传遍了全县城。 每个人都知道他在迪拜吉美大酒店跟情人过夜，晨起散步时被人注射了氰化钾。 每天凌晨六点五分散步是丁盛雷打不动的习惯，只不过，从今往后他再也不能带着他的蜥蜴或蟒蛇去散步了。

当天桃源县百度吧里关于丁盛和氰化钾的帖子铺天盖地。 甚至凤凰网上也有了相关新闻，题目叫"亿万富翁酒店偷情，怎奈横尸酒店走廊"。 我没去康捷家，他直接把三十万现金送到了李红家。 他说，没把钱直接打到我的银行账户，是怕有人怀疑。 这些现金也不是一次性提出来的。"你现在不能把这些钱存到银行，"他说，"近期内你也不能花这些钱。 这是为了你好。"其实他的潜台词是，为了他好，我决计不能出半点漏子。

我说我知道。

他没多问别的，他也没多说别的。 他不用说别的我也知道我该怎么做。 我一直都比他聪明，只是我运气不好。 我把这些钱全藏进我的破皮箱。 后来我坐在皮箱上，想着我的屁股底下坐着三十万块钱，真是爽透了。 我闭上眼睛，感觉像是坐在飞机上，正朝着无比美妙的地方飞去。 那是什么地方，我不知道，也不想知道。 我只知道有了这些钱，就能买一套两室一厅一卫的房子。 房子不够大，但足够我和小虎住，当然如果李红愿意，也可以和丁丁搬过去。 我讨厌丁丁，可她毕竟是个孩子。 我一个大老爷们儿怎能和一个孩子计较？ 我坐在皮箱上不停吸烟，又泡了杯速溶咖啡慢慢喝。喝咖啡时我又把今天早晨的事从头到尾审视了一遍。 我没发觉我有任何差池。 可以这么说，我的每一步都做得非常完美。 我甚至很佩服我在车里听了两遍《歌剧2》。

那一整天，我都处于一种莫名的亢奋状态。 我不停地吃东西，不停地刷新桃源贴吧的帖子，看网民们热烈到近乎疯狂的讨论。 他们讨论的焦点主要集中在两点：一是谁胆子这么大，干掉了丁盛；二是在迪拜吉美大酒店跟丁盛过夜的女人是谁。 当然其他方面的帖子也很热闹，比如有人问，丁盛到底有几个老婆？ 有几个孩子？ 这些问题很快得到了解答。 有人说，丁盛跟原配并没有离婚，他们有一个儿子，在县里的某事业单位上班，这个儿子和丁盛的关系很紧张。 另外丁盛还有四个小老婆，这四个小老婆给他生了三个女儿和两个儿子，其中一个儿子二十一岁，一个儿子刚过十四岁生日。 后面的跟帖形形色色唾沫乱飞。 有人刚佩服一个男人能娶这么多老婆，立马就有人回帖说，丁盛每天都固定吃两个猪腰子，都是从"大老黑"熟食店买的。 接下去，又有江湖术士开始卖一种价格便宜、功能非凡的春药，他保证这种春药吃了之后，一晚能驭三女……

到了晚上，到底谁跟丁盛在酒店过夜的帖子突然点击量暴涨，很快突破了二十万。 我漫不经心地一页一页浏览。在倒数第六页，一个貌似知情者的家伙斩钉截铁地说，那个女人就是桃源县最牛的女人，叫曹书娟。 她开一辆红色宝马，以前从事钢铁进出口贸易，现在跟丁盛联手搞房地产开发。 发帖人还贴了一张不晓得从哪里弄来的曹书娟的照片，不过很快就被吧主删除了。

　　说实话，看到"曹书娟"这三个字，我的头嗡地一下就大了。那天康捷跟我说，曹书娟跟丁盛关系很密切，我只是一个耳朵进一个耳朵出。没想到倒是真的。她怎么跟丁盛勾搭上的呢？不过我很快就释怀了。像她那样的女人，做出什么惊天动地的事都有可能。如果哪一天她跑到美国当了美国历史上第一任女总统，我也丝毫不觉得惊讶。看来那天在她家楼下收拾我的，没准就是丁盛手下。想想那天的情形，又想想曹书娟，我的咖啡就喝不下去了。

　　吃完晚饭后我跟李红商量，要不要出去旅游一下？李红说，冰天雪地的，去哪儿旅游啊？我说去海南啊，我们去海边游泳、晒太阳、潜水、吃龙虾、喝椰奶。我请你们娘儿俩，飞机票和来往费用我全包了。李红笑着说，得了吧宗建明，你发横财了啊？听到这句话时，我不禁沉默了。我很后悔刚才说的话。于是我说，我没发横财，我也没有多少钱，但是我们在一块半年了，我们还从来没有三个人一起去旅行呢。我认为我和丁丁的关系有可能在旅途中有所改善。李红沉默不语，只是用她的手指蹭着我的手背。后来她说："这样吧，我们别去海南了，我们去哈尔滨。现在正是看冰灯的好时节，而且我老姨他们全家就在哈尔滨，吃住不用花钱，我也有五六年没见到他们，说实际的，还真是挺想他们呢。"

　　我们就一本正经地谋划去哈尔滨的行程。我们把日子定在后天。李红说，有几个重要的顾客要做定期保养，现在打电话通知人家太晚了。我说好吧，哪一天都无所谓。

第二天上午我回了趟老家，看了看我爸我妈。下午，胖子马文来电话，说让我赶快到单位去一趟，有几个警察找我，说要了解些情况。我说好吧，我马上就到。我干吗答应得那么爽快？不过我倒真的很镇定。我先给康捷打了一个电话。康捷说，我操，你做了什么坏事了啊？是不是找小姐没给钱？我说谁知道呢，真是莫名其妙。康捷说，你什么都没做，所以你什么都别乱说。去就去嘛，有什么好怕的？我又问他，需不需要找个律师？他果断地说，找个屁啊，他们问你什么，你就如实回答什么，警察不会冤枉好人的。要相信政府嘛！

我突然明白过来是怎么回事，他肯定是怕我的手机被人监听了。我冷静地说，是啊，我这就去，你在哪儿？要不开车送我到单位？康捷说，你要是不怕晚就等着我送你吧，我正在北京的三里屯酒吧跟人喝酒。

警察的态度倒和善。他们把我带到了讯问室。开始只是问些年龄籍贯之类的问题。后来就问我昨天早晨几点起床，起床后干了什么。我想了想说，我昨天起得很早，这段时间我老是失眠。至于几点钟倒记不清了。起床后我到文体中心跑步来着。

"你确定你去跑步了吗？"一个脸上长满麻子的警察问。

"当然，"我说，"我喜欢跑步，跑步让我觉得舒服。"

"有人看到你跑步了吗？"麻子脸继续问。

"我怎么知道啊？"我说，"黑灯瞎火的，谁也看不清谁。"

"跑完步后，你跟谁去的迪拜吉美大酒店？"麻子脸问。

我说我从来没去过迪拜吉美大酒店，那是有钱人才去的地方。像我这种小职员，一个月工资不到两千块，哪里有福去那儿享受？

麻子脸笑了笑，说："那你过来下，看看这个人是谁？"

说实话，当时我确实蒙了一下。在电脑里我看到了一段视频。像我这么聪明的人，怎么会想不到前厅安装了摄像头呢？麻子脸把这段视频反复放了三遍。我看到自己在前厅里溜达了一圈，貌似专注地睃巡着墙壁上的油画。当电梯门打开，两个戴黑色头套的人不紧不慢地走出来时，我突然撒丫子转身就跑。我第一次看到我自己跑步的姿势。

"这个人不是你，还会是谁呢？"麻子脸突然暴喝道，"老实交代！这两个人是谁！他们去哪儿了！"

我没吭声。我当时想我必须一口咬定，那个人并不是我。摄像头拍摄的画面有些模糊，只能看到我穿了件黑色夹克和一条蓝色牛仔裤。画面里甚至没有我的眼睛，只有一个翘起的下巴。而那件黑色夹克和蓝牛仔裤，我上午去看我爸我妈时，早顺手扔到途中的一个垃圾处理厂。我也不怕他们搜李红家。那三十万现金被我藏到了连上帝都找不到的地方。

"确实不是我，"我说，"我难道连我自己都不认识吗？"

"嘴硬是吧？"麻子脸冷笑着说，"不过，你的鸭子嘴早晚会被煮熟的。小李，去把曹书娟带过来。"

这是我这辈子最后一次见到曹书娟。我没想到他们让曹书娟指认我。我更想到曹书娟在观看录像时脱口而出喊出了我的名字。她穿着件呢子套裙，粉红色的。也许她有点冷，我感觉到她似乎在不停地哆嗦。看到我时她朝我点了点头。她在朝我打招呼吗？出于礼貌，我也朝她点了点头。我就是朝她点头时，突然想起了多年前我们一起钻地洞的情形……在地洞里用火柴将油毡点亮时，我仿佛来到了另外一个世界。这个世界没有风声，没有人声，甚至连我们的呼吸声都没有。我跟曹书娟在洞边站了足有两分钟。在这两分钟里我什么都没想，什么都没做，就这样在油毡忽明忽暗的光亮下，凝望着蛇一样蜿蜒扭动的黑暗幽洞。

十三

在看守所那几天，我整宿整宿地睡不着。我知道他们在另外一个房间里日夜观察我，我不能辗转反侧，不能表现出焦虑不安的神情。所以我总是朝左侧躺着。时间长了，等心脏被压得麻痹，我才装作不经意的样子打着鼾声朝右侧躺。做这些根本没费多大事。无论朝着哪个方向躺着，我心里想的只有一个人，那就是小虎。我自己也很奇怪我为什么没有殚精竭虑地思考些真正实际的问题，比如第二天他们可能会问哪些问题，我该如何不动声色地回答，并回答得滴水不漏。我已经承认了那个摄像头里的人是我。我是这么解释的，跑完步后，我沿着主街溜达，到了迪拜吉美大酒店时，出于好奇，我顺便到里面参观了一圈。没有任何法律条文或地方法规规定，住不起酒店的人就不能参观酒店吧？当我看到那两个戴头套的人从电梯里走出来时，出于本能的恐惧，我转身跑出了酒店。就这么回事。只能是这么回事。任何一个正常人看到如此装束的人都会这么做。至于为何开始不承认那个人是我，原因就更简单了，哪个无辜的人面对警察的严厉审问时，不会下意识地撒点小谎，从而保护自己呢？

他们从市里请了很多审讯专家。可我只是坚持我的说法。我清楚该如何对付他们。这期间李红看了我一次。她好像找了人，带进来不少好吃的。她说她和丁丁很想我，她说她已经从北京请了一个最好的律师，用不了多长时间，我们就可以团聚了。她说等我从里面出来，我们一定去趟海南。哈尔滨等明年再去吧，她现在最想做的一件事，就是穿着比基尼和我在三亚游泳，躺在沙滩上晒太阳。她还说了什么？哦，她说，她在我的书桌上看到了孔雀羽毛，随手就给了丁丁。丁丁非常喜欢。"你不会生气吧？"她笑着问，"其实我一直想知道，那几根破羽毛里到底有什么秘密，让你当成了宝贝疙瘩？"她笑的时候，我在她眼里看到了泪花。

我说，这些破羽毛狗屁秘密没有。我早忘了是谁送我的了。要不就是我自己逛动物园时花钱买的。谁知道呢？况且，有些秘密，除了它是秘密外，什么也不是。

对我的回答李红很不满意。不过她还是摸了摸我的下巴，说，别怕，普京先生，我保证会把你弄出来。说这些时她像个做祷告的修女。本来我想跟她说件事。我想告诉她，她晨起化妆前，完全可以先把热水烧上，再去描眉，这种方法叫统筹，初中就学过，能省不少时间。可惜时间到了。警察已催促了两次。她起身朝我摆摆手转身走了。她走得很匆忙，连头都没回。她的黑色羊绒大衣的腰带掉下一头，一直垂到地面，当她走路时，一下一下磕着她的鞋后跟。

康捷一次也没来过。没来他就对了。他很少做错误的决定。不过让我吃惊的是，李浩宇探望了我一次。开始，我们就面对面地看着，谁都没说话。其实我当时特别想听他高谈阔论一番，说说宇宙恐惧症，说说银河系，说说恒星和行星，说说他的"细菌理论"。他为什么舍不得说话呢？他待的时间很短。只有临走时才说了两句话。第一句话一点都不符合他的说话方式，我一时半会也没忘。他嘀咕着说："宗建明，祝你好运。"当"好运"两个字从他嘴里蹦出来时，他的眼泪忽然大滴大滴滚下来。他的样子让我很讶异，所以当他的第二句说出时，我有点神情恍惚。我听到他哽咽着说："细菌没了道德底线，细菌的儿子为什么还要道德底线？"

他的样子不但让我讶异，肯定让那两个警察讶异。他走后，我听到一个警察说："真奇怪，他干吗要来看嫌疑犯？有病啊？"

另外一个说："是啊。让人闹不明白。不过听人说，这孩子一向行事古怪。上大学时跟他爸吵架，还割过手腕呢。差点就死在医院里。"

一个说："不过，看样子，他跟他爸并不像传说中的那样，没一点感情。他刚才哭了呢。他是哭了吧？"

另外一个说："再怎么说他也是丁盛的大儿子嘛。父子心连心，打断骨头连着筋。"

一个说："听说，他把公职给辞了。丁盛的所有公司都交给他管理了。"

另外一个说："人家那个班，也只不过是幌子嘛。有钱人干什么都会有钱的。不过，这小子也算是因祸得福。"

他们的对话我全都听到了。他们的对话让我那天上午一直郁郁寡欢。李浩宇是丁盛的儿子？打死我都不信。他为什么姓李而不是姓丁呢？这个问题一直纠缠着我，让我的头裂开了一样疼。中午吃饭，我本想问问那两个警察到底是怎么回事，可话到嘴边又咽下去。他们怎么可能会告诉我呢？那天中午的饭是一个馒头一碗白菜汤。我先喝了一口白菜汤，咸得要死，我立刻就吐了。看来我只好干吃馒头了。

可馒头碱大火也大，黄黄的像泡狗屎。 看守所为什么不找个手艺好点的厨师？ 我一边琢磨一边把馒头掰成碎碎的一小块一小块，顺手扔到脚边。 脚底下的蚂蚁就慢慢围了上来。它们那么小，那么黑，让我不禁皱了皱眉头。 我想伸出手指捻死它们，可是手还在半空，我的眼泪就落了下来。 一滴眼泪在蚂蚁看来，或许就是一个湖泊吧？

中午的阳光透过铁栏杆射进来，在肮脏的地板上打着形状不一的亮格子，不计其数的灰尘在光柱里安静地跳舞。 那一刻，我谁都没想，我谁都想不起来了。 我只知道，阳光躺在眼皮上，太他妈舒服了。

风来了

关鹏在超市里买蜡烛、矿泉水、酸奶和面包。 新闻里说台风"小仙妮亚"即将登陆。 对于这座滨海城市而言,台风意味着全城停水、断电、万分之零点零三的死亡率、短暂的道路堵塞和名正言顺的休班。 对关鹏来讲,停电造成的黑暗、停水造成的暂时性饥渴都不是问题,昏天黑地的睡眠也不会让他得阿尔茨海默病。 他的担忧说起来颇为可笑:美少女战士王美琳会不会手持断钢剑穿越暴风雨来找他?

他以前不怕王美琳,他以前最怕在楼梯口听到老男人响亮的咳嗽声。 那肯定是父亲和母亲大驾光临了。 去年,他们动辄克格勃般现身,既不事先打电话,也拒绝配钥匙。 对于他们的来访,关鹏开始抱着无所谓的态度。 如果没猜错,他们不是给他介绍女友,就是突击检查他的私人生活。 不过,女友一概离谱,托的全是八竿子打不着的三亲六故。 有次叔伯姑奶给他介绍了东港渔村搞水产养殖的姑娘(姑娘边和他聊天边抓起池子里的海鳗装箱。 当她闪电般攥住窄扁的鳗鱼头时,他冷不丁打个寒战,下体莫名疼起来)。 还有一回，远房姨姥的姑爷给他介绍了名擅长顶碗的杂技演员，头次见面她就忍不住表演了"柔术"，头从胯间猛然探出，倒立的金鱼眼紧瞪着他……

后来对他们安排的相亲渐生腻烦，却又不便捅破。父亲肺叶里埋藏着无数吨金属氢炸药，这个曾经的炮兵营长最窃喜别人将导火索点着，然后将他人和自己炸得粉身碎骨。他怀疑父亲骨子里有浓烈的英雄主义情结，只有牺牲才是最浪漫庄重的誓言。母亲就更不能得罪。这位在特殊教育学校教了半辈子聋哑儿童、智障儿童和脑瘫儿童的迟暮美人，天生一颗玻璃心，五十多岁了还动辄哀暮春伤晚秋的。也许，看过太多肉体上的残缺，总让她习惯看别人的戏，流自己的泪。

还好，他们最近极少来访。兴许是母亲的玻璃心反射到了他稍显冷漠的眼神？兴许是父亲担心自己的火药桶被儿子走火引燃？说到底，他仍是他们最嫩的那块心头肉，襁褓里喝奶的屎尿娇婴。有段时日母亲婉命他每晚与她视频，汇报饮食起居吃喝拉撒，他就频繁地跟同事换班夜夜巡逻，裹着大衣在昏黄路灯下压嗓跟她聊两句，不是跟踪连环杀人疑犯就是追踪盗窃犯。母亲泪水涟涟下线，估计是去吃速效救心丸了。儿女与父母鏖战时总有种冷酷的本能，套路无论新或旧，手段无论刚或柔，终归是旗开得胜的一方。

王美琳就没那么好对付。关鹏觉得遇到王美琳，既脱离了经验主义，也脱离了对称逻辑。

这女孩是在夜店认识的。 喝了几杯加冰的假芝华士后，两人开车去了海边。 虽是初夏，人已密如蝌蚪。 她的手指摸上去如单腿蜻蜓般细小软滑。 这是关鹏憧憬了许久的时刻：跟女孩光脚在沙滩上漫步，风吹着他的白衬衣和她的碎花短裙，而海面上由远及近的豪华游轮上，正举办着维塔斯的插电演唱会。 在阉伶般空妙绝伦的歌声中他缓缓揽她入怀……那晚没有豪华游轮也没有维塔斯的演唱会，却有架闪着尾灯的庞大客机从海上由东向西急速飞过。 他低头吻她，女孩的舌尖冰激凌般凉甜，他感觉自己的整个肉身都被那小小舌尖吮吸着，一寸寸融掉，最后单剩下随海风消逝的灵魂。 是的，他想到了"灵魂"这个古老的词。 他们在海边的旅馆开了房。 事毕，当他瞥到白色床单上的血迹时，禁不住愣住。说实话他有些许慌乱。 这样的邂逅，或许只能是邂逅而已，他素来不抱什么奢望。 可那抹血迹让他隐隐厌恶起自己。后来他们躺在阳台的藤椅上，吹着咸风，凝望着黑暗中咆哮的野兽。 女孩轻声细语地说，她读大学二年级，学的中文，不过最爱的是唱歌。 她大部分业余时间都用来参加各种声乐培训，如果哪天去参加《中国好声音》，她肯定得冠军。"你什么职业？"女孩狸猫般蹲坐到他腿上，捎着他脸颊傻笑，"贼眉鼠眼，不会是毒贩吧？"他告诉她，他不是毒贩，是人贩，天亮了就把她拐卖给深山茂林里的老光棍。 女孩咯咯笑，顺手将他内裤扒扯下，稳稳坐了上去。 这样，波涛声中他们忍不住又做了。 当他手扶阳台上的银白栏杆抽烟时，霞光已由绵黑叠云层峦爆射而出，海面上游动着一群又一群黄金铸造的鱼。 这让他有种错觉，他的好时光恐怕要来临了。

这个叫王美琳的女孩犹如肥美腥嫩的牡蛎，委实让他贪恋……王美琳是白羊座，天生冒傻气，喜欢零食甜点，不过也吃不胖。 她老黏着他去各大夜店喝鲜啤。 他还从未遇到过如此喜欢喝酒的女孩，似乎她瘦弱的身躯就是看不见的下水道，可以无限量排放各种酒精度各种麦芽糖度的液体。 她还烟不离手。 他曾忧心忡忡地盘算，由酒精和尼古丁供养的身体，会生育出什么品种的婴孩？

当然这些都是小事。 他受不了的是她的脾气。 正值夜班，王美琳打电话，吩咐他去哈根达斯买冰激凌。 每年夏季单位最是忙碌，上面的官员都来这里度假。 如果级别高些，他和同事们得整宿整宿在大街上巡逻。 那天王美琳说，如果他买不到冰激凌，以后就别来找她。 他只得跟领导撒谎说，犯了结肠炎，要去医院打点滴……两个人去看电影，王美琳想吃爆米花。 他说爆米花是垃圾食品，除了香精就是色素。王美琳噘着嘴让服务员拎了六桶，尽数倒在脚边，边倒边踩，边踩边扯着细嗓喊：愣着干吗？ 付款啊！ 他久久盯着王美琳，恍然明白件事：王美琳大概是将他当作了她的父亲。

明白了此事，一切豁然：这绝对不是未来孩子的母亲。他需要一个跟他睡觉生孩子、跟他打游戏会亲朋、跟他泡酒吧去西藏旅行的女人，但绝不需要一个将来内裤袜子要他洗、孩子要他喂、饭要他煮、屁股要他擦，稍不留神还可能给他戴顶绿帽子的女人。

想通了，心就散了，电话也懒得打，王美琳打电话也不接。一来二去王美琳也察觉到他有些异样，便常跑宿舍腻歪，找也就找了，见也就见了，睡也就睡了，可曾让他融化的舌尖再不是凉甜的舌尖，那个被海风卷走的灵魂重又栖居进他的肉身。他想嘎嘣脆地结束这段恋情，可始终找不到恰宜的借口。他这才猛然发觉，若想摆平一件事，无论好事还是坏事，都需要冠冕堂皇的理由。当这理由还未灵光闪现，只能蟾蜍般被温水继续熬煮。

那日从超市出来，乌云盖顶。他想打出租，等了半晌也未等到，只得快快步行。雨点很快噼里啪啦拍到身上，狂风中他如稻草人般被鞭打撕扯，身体险被拉扯进闪电。好歹跟跟跄跄跑回单位宿舍，浑身已精湿。他掸掸头发慢慢悠悠往楼上走。当意识到门前缩着团黑影时，心咯噔沉下去。看来王美琳还是来了。

"你终于回来了！"那团半蹲的黑影陡然站起，"你他妈终于回来了！兔崽子！"

不是王美琳，是个男人。这男人声音如此熟稔。他揉揉眼眶，这才发现顾长风正三步并作两步地朝自己走来。

"我操！你咋来了？"关鹏吐了吐舌头，"你……""是'小仙妮亚'把我吹来的，"顾长风嘿嘿笑着，拽了拽身后，昏暗光线下还站着个小女孩，"快叫叔叔！"顾长风摸摸

孩子的头顶说，"你关叔是老爸最好的哥们儿！"那个长着双
虾米眼的小女孩怯怯地说："叔叔好。"

关鹏皱着眉头问："怎么不提前打电话？"顾长风搔搔头
说："电话欠费了。"关鹏边开门边说："欠费了就交啊。"顾
长风半晌才磕磕巴巴地说："我最后的……积蓄，都用来……
买……买火车票了。"

好基友的碎碎念

顾长风跟他有段时日未曾联络，或者说，顾长风二婚
后，就从关鹏的生活中彻底消失了。这是意料中的事。顾
长风第一次结婚时也如此。他那个在小学当语文老师的妻子
其实还算明事理，可顾长风就是那种人：一旦黏上女人，哥
们儿就犹如洗澡时掉下的毛发，全被冲进下水道。关鹏回老
家时招他喝酒，他不出来；招他唱歌，他不出来；招他足
疗，他不出来；招他打篮球，他不出来；招他打麻将，他不
出来。这个叫顾长风的人总会有理由搪塞：譬如在给老婆炖
草鸡汤，譬如要给怀孕的老婆洗澡，譬如要给丈人家抢购盘
锦大米……有次他甚至信誓旦旦地说，吃海鲜喝啤酒过度，
得了痛风，尿酸高骨头肿，走路一瘸一拐，出门甚是不便。
然后在超市，关鹏碰到了挽着孕妇胳膊买凤梨酥的顾长风。
这鸟人不是尿酸高，而是脑子里灌了硫酸。对这个见了女人
骨头就酥软的发小，关鹏只能跟哥们儿喝酒时恨恨损上两

句，最末总要咬着牙根说，早晚有一天他会死在女人手里。死了我也不送葬！你们给我记着！

其实顾长风跟第一任老婆离婚没多久，就闪婚了。第二任妻子是县药监局的临时工，没有编制，工资比顾长风高不了多少。论起长相，也只是个女人而已。关鹏一直不明白顾长风看上了她哪点。按照关鹏的想法，顾长风该从第一次短暂的婚姻中吸取教训，而不是急着再婚。婚姻不是儿戏，哪能这厢旧人尚在檐下泣，那厢新人就在洞房笑？后来听同学说，这老姑娘家世不错，父亲是建筑商，身家千万。思忖一番，顾长风想得也没错，娶个浑身镶嵌着金边的老姑娘，也算良缘。可他实在想不明白，顾长风为何来找他？不光自己来了，还带着跟前妻生的孩子豆豆。

"我实在受不了她，"顾长风啃着面包嚷道，"我要跟她离婚！"

"疯了吧你？"关鹏觑他一眼，"孩子才一周岁，哺乳期，法院不会受理的。"

"不同意我也离！"顾长风把面包掰碎了塞豆豆嘴里，"如果再跟她过，生不如死。"

"你第一次离婚时，也这么说。"

"是吗？"顾长风伸出食指沾起餐桌上的面包渣儿，"我的命怎么这么苦？"

"苦就是福呀！"顾长风说，"你还有心情笑？有没有点儿人性？"

关鹏说："我的人性早被你泯灭了。"

顾长风哼了声说："我没吃饱。"

关鹏说："豆豆吃饱就行了。"

顾长风说："你他妈一点儿都不关心我。"

关鹏说："我又不是你爸爸。"

顾长风不说话，趴餐桌上默默流泪。 女儿豆豆用小手帮他擦眼眶。

关鹏说："这么没出息！ 做不成小鲜肉，就做老腊肉。"顾长风哭声更大。

关鹏说："说吧，到底怎么了？ 我最喜欢给别人伤口上撒盐了。"

窗外飓风降临，枝丫脆响。 顾长风断断续续地讲，关鹏有一搭没一搭地听。 在他看来，顾长风是个对自己极为不负责的人，或者说，是个完全没有看清自己本质的人。 男人到这年岁，对自己还缺乏唯物主义的判断，生活偏离轨道也正常。 顾长风说，他没想到第二个老婆是个好吃懒做的女人。 婚后没多久就看清了他的家底，积蓄不过四五万块钱，若不是公婆帮扶日子也难将就，就怂恿他将那辆帕萨特卖了。 这车是他头婚时父亲送的礼物，只卖了十万块钱，转卖给了谁？ 她舅舅。 不满一载，卖车的钱就全花光了。 怎么花的？ 说不清，反正想买啥就买啥，想吃啥就吃啥，想去哪里就去哪里。 本来还幻想着岳父岳母可能会周济布施——有钱人手指尖稀稀拉拉流下的金粉也能抵普通人家一辈子的家底。 可事情完全不是这样，岳父痛惜地说，他的家当全押在开发区的娱乐城上了，娱乐城一日不竣工营业，他就一日不能翻身做主人。

孩子两个月时闹肺炎住院，顾长风身无分文，又不好意思朝爹妈开口，只得伸手跟老婆讨要。 老婆泪眼婆娑地说，你去跟我爸借吧。 岳父借给他两千块钱，孩子住院花一千，剩下那一千，他还给岳父，岳父推辞一番就揣裤兜里了。 孩子周岁生日时，他母亲给了孩子两千块钱，老婆回家后耍闹一番，说，哪里有这么抠的奶奶？ 孙子过生日只给这俩子儿！ 平时可只拉扯豆豆，没抱过几次孙子！ 家里准备好了饭菜，老婆也没吃，抱孩子回了娘家，临关门前撇着嘴说：我妈知道外孙过生日，买了百十块钱的上好野猪排呢！ 如此这般奇葩种种，真是三日三夜道不尽。

不久两人又生龃龉，老婆指着他说，你呀你，就是个绣花枕头！ 就是个驴粪蛋！ 顾长风最听不得人喊他绣花枕头，最听不得别人喊他驴粪蛋。 就说，我们干脆离婚吧，你找你的高富帅，我找我的黑木耳。 老婆冷笑三声，开始协议离婚：孩子归她，不过顾长风每月要给孩子九百块抚养费。 顾长风硬咬着槽牙应了。 要知道，他是电力局的临时工，月薪不过两千。 不承想日后老婆又反悔，抚养费涨到一千五。他总不能去喝西北风吧？ 离婚之事就僵到此。 母亲素来心律不齐，以前被第一任儿媳折磨得披头散发，如今又被第二任儿媳折磨得眼泡肿胀，干脆搬进医院。 顾长风意乱心烦，想到关鹏，于是跟单位请了长假，带豆豆来散心。

关鹏问："你是不是真铁了心？别他妈住两宿拍屁股走人，回头破镜重圆，搂着你老婆往我身上泼脏水。"

顾长风说："我再不离婚，早晚被她吸得骨髓都不剩。再说，我是出卖哥们儿的人吗？"

关鹏只得说："那先住我这儿吧。不敢保证你喝香喝辣，可也不至于吃糠咽菜。"

落水狗

"小仙妮亚"并未在此久留，翌日就撤了。关鹏带顾长风和豆豆吃了早餐，又塞给顾长风三百块钱，让他带孩子四处逛逛。这季节，此城最美艳。一座城若依附了海，犹如美人眉心又点了颗朱砂痣，绿海金沙，白鸥快帆，虽比不得马尔代夫巴厘岛，也被诗人们谓之"太平洋的最后一滴眼泪"。当初关鹏没回廊坊而是报考此处的公务员，跟这海也不无干系。他自小生在平原，十八岁之前没见过山没见过海，也没坐过绿皮火车。在他印象中，世界就是浑圆寡静的地平线，线上缀着灰色城郭与枯寡杨柳。头次看到大海时他扒个精光在海水中一路狗刨，几乎游到警戒线。他恍惚是重回到母亲的子宫，在温热漆黑的羊水中游弋。世界那么静，上帝尚未赐予他双耳。

等正式工作，对海的情感则斑驳起来。六七月，大量游客拥人，这座城一改往日肃穆，变成了童话里的城堡。 游客脸上俱戴着"笑面人"面具，贩卖海螺草帽泳衣花伞的本地渔民，眼角深匿的狡黠也褪去商人本色，变得如初诞的匹诺曹般天真。 盯着京津冀黑吉辽俄罗斯白俄罗斯哈萨克斯坦的美女们箍泳装在沙滩上散步晒日光浴，还真养眼惬意。 不过，若是来了"领导"，无论重要的还是不重要的，正的还是副的，退休的还是没退休的，只要是"上面"的，他们这些小警察日子就不好过。 各种繁文缛节姑且不论，单是连他这种办公室文职人员也要深夜巡逻就让人委实吃不消。 而这个夏天，除了如癞皮狗般生冷不忌棍棒不惧，他还要接待来自远方的落魄故人。 若只是如此也罢，偏偏还要时刻担忧那个叫王美琳的女孩。

王美琳即便再没有心肺，也肯定明了关鹏如今的心思。所谓不冷不热，无非是分手的前奏。 要是换了旁的女孩，分也就分了，反正关鹏这般的男人一抓一大把。 关键在于，王美琳似乎真对关鹏动了心，这是关鹏最头疼的问题。 以往处对象都是好聚好散，成年人嘛，做不成情人做朋友，做不成朋友，无非老死不相往来，此城虽小，可要想邂逅，还真是沙漠里寻粒做了标记的沙。 但王美琳身上有股子凌蛮之气，似乎她若不想分手，关鹏就永远是她掌心里的痣，是她耳垂上的瘤。 关鹏不想做那颗痣，不想做那个瘤，他只想找个合意的姑娘，早日把婚结了。

以前倒不急，反正刚毕业，涩果一枚，无论领导还是家人，都劝他以业务为重。 如此几年，单位介绍对象的骤然多起来，红娘大多是同事，就不忍拂人脸面，靠谱不靠谱的一概会会，大不了找个借口撤了，人家也不会介怀。 碰到有眼缘的，吃吃美食逛逛大街，看看电影泡泡酒吧，合意的日子上上床，处上段时日，脾气秉性要是不合，一拍两散。 掐指算算，关鹏见过面的大抵也有二十位女孩。

其实最急的，还数老炮兵营长和老林黛玉。 县城里跟关鹏同龄的，孩子都会打酱油了，即便关鹏待在三线城市，二十七八也是个坎儿。 关鹏也有些急。 晚结不如早结，孩子早拉扯早省心。 可这些年过去，碰来碰去，还真没碰到命中注定的那位结朱陈之好。 他素来是个经验主义者，对"谈恋爱"曾作过细致分析，除了自己的择偶标准，他认为至今未婚的关键性因素还是外在的，用列宁同志的话来说，就是事物的性质主要是由取得支配地位的矛盾的主要方面所决定的。

这座城市的坐地户，都想找坐地户，理由也简单，你个外来人，根不深叶不茂，如何能有好前程？ 若说这城是张网，那么关鹏连只花腿蛛幼卵都算不得。 女儿家有点儿姿色的，首选是私企外企国企的年轻高管，关鹏这样的小公务员，如今连灰色收入也被掐根断茎，日后如何过安逸日子？即便是坐地户愿意找关鹏这样的，不是没正经工作就是长相差点意思，关鹏也瞧不上眼。 而那些外地来的女人，长得好家境也好的，首选也是当地男人。 关鹏倒不在乎对方仙居何处，只想找个有点儿文艺气质的姑娘。 他想，一定要找个结了婚就再也不会离婚的女人，然后像老炮兵营长和老林黛玉那样过烟熏火燎的日子。 而王美琳呢，年小未定性，等她毕业，谁晓得哪里落脚？ 谁晓得到时会否另栖高枝？ 她是西安人，极有可能毕业后回十六朝古都。 他总不能把工作辞了去做倒插门女婿吧？ 如此细思，关鹏心气更凉。

这天突击检查工作的是省厅，作为办公室负责采购的人员，关鹏要订招待水果，还要去酒店订餐。 正在这里筹谋，手机急躁地爆响起来。

"我想跟你好好聊聊，"王美琳说，"我下午没课。""忙着呢。 没空。""你什么意思？""我的意思是，我现在不想跟你说话。""我想你……"

"我们分手吧……"他淡淡地说，"分了吧。"

这句话终于说出来了，毫无征兆地说出来了。 先是莫名的静，而后传来王美琳急促的喘息声。 两个人都没有再吭声。 关鹏默默挂掉手机。 一上午他都惴惴不安，老觉得一抬头王美琳就站在眼前。 如果她真站在对面，能有何说辞？ 不知道。 那天中午他在饭店里跑前跑后，每每听到铃声都不禁浑身哆嗦。 还好，王美琳再无声息。 说实话，他倒希望她在电话里咒骂他一番，那样的话他会好受些。 而现在，王美琳的沉默让他犹如深陷黑暗甬道，不晓得何时光亮才会照进。

王美琳的疯狂是从午后开始的。 她打他的手机，他没接。 她再打，他还是没接。 在半个小时里她打了六十多个电话。 如果不是单位规定必须二十四小时开机，他早把手机扔进抽水马桶了。 刚开始只是内疚，当刺耳的铃声如复读机般萦绕耳畔时，他渐而麻木起来，将手机调到静音状态，有条不紊地结账、签字、护送领导到高速口、向主任汇报下月预算、复印文件、购买办公用品、到财务报账……手机一直在手包里嗡嗡响动，犹如怪兽在魔瓶中绝望呜咽。 下了班，他直接开车回宿舍。 推开门，发现王美琳正坐在里面跟顾长风聊天。 顾长风嬉笑着站起来说，美琳来半天了，你怎么才回？ 王美琳没有吭声，只是低头喝咖啡。 他一把拉扯起王美琳："你不是想谈谈吗？ 我们走！"

他们其实也没谈什么。 王美琳只是抱着他哭。 哭阵儿停阵儿，停阵儿哭阵儿，后来干脆坐马路边抱头嘤咛。 关鹏捋了捋她的长发："回去吧。 你现在还是个孩子。 等你长大了，我们再谈恋爱。"

王美琳真就打了出租车回校，且几日音信渺茫。 这倒让他颇感意外。 按她的脾性，总要弄个鱼死网破。 就想，也许她终于想通了，这世上没有谁离不开谁，谁都不是谁的恒星，谁也不是谁的行星。

顾长风呢，仍带豆豆乱逛，去了海豚馆和极地海洋世界，去了游乐场。 更多时候，是在梅地亚广场看大妈们跳舞。 关鹏想问他何时回廊坊，话到嘴边又咽了回去。 他又问关鹏要了五百块钱。 关鹏想起上高中时，顾长风已经去职业技校念美术专业。 他人漂亮，画又好，揽了不少私活。
回县城头件事，就是带关鹏下馆子，生平第一顿自助涮羊
肉，第一顿肯德基，第一顿必胜客牛排，第一顿日本料
理……都是顾长风开着他父亲那辆破皮卡带他吃的。 那时的
顾长风，是腰缠万贯的老大哥，是世界连通器。 他曾想，以
后也要成为顾长风那样的人……而现在，看着顾长风略显佝
偻的背影，心里说不出的怅然。

那天关鹏突然接到陌生男人的电话。 男人的声音听起来
闷声闷气又异常洪亮，似乎随身携带着低音炮。 他自报家
门，说是王美琳的父亲，想和他当面聊聊。 关鹏想也没想就
应了。 等见了面，才发觉不光有王美琳的父亲，还有王美琳
的母亲和王美琳。 看来一场审判要开始了。 关鹏还没见过
如此阵仗，额头难免冒虚汗。 王美琳的父亲是个胖子，穿身
板正白西服，系条猩红领带。 母亲则黑瘦干瘪，满脸杀气。
王父也没兜圈子，说王美琳跟他分手后得了抑郁症和厌食
症，如果病情继续恶化，后果不堪设想。 你说怎么办吧。

关鹏很怕跟成年男性私下打交道。 他缺乏经验。 印象
中，父亲与他虽血肉相连却冒着金属冷冰之气。 小时父亲在
黑龙江当兵，回家探亲时带不少榛子、松果、奶糖、果丹皮
和棒棒糖。 上大学后，父亲如果去了超市，仍会买大堆果丹
皮，回家默默塞给关鹏。 关鹏每次将糖纸剥下，都会发现自
己瞬间变成七八岁的男孩。 他们没一起喝过酒，没一起打过
篮球，没一起下过象棋——他晓得曾经的老炮兵营长在部队

时是主力后卫，也是象棋高手。 上班后他给父亲买过萨克斯，回家时也没见他吹过，只是擦得雪亮，摆在电视柜上，像平日的父亲般寡言。

如今面对王美琳的父亲，关鹏一时无语。 他继续说："关鹏啊，你们是自由恋爱，可自由恋爱也有底线，不能新鲜劲儿过了就分手。 你去买水果，咬了口就能随便扔吗？ 你比她大，凡事要让着她，想着她，由着她。"

关鹏沉吟片刻才嗫嚅道："我们分手了，她以后怎样，跟我没什么关系。 不过，我倒真心希望她过得好。"

王美琳母亲就是这时发飙的。 她从椅子上跳起，指着关鹏大声骂道："你什么东西！ 玩弄完我女儿的感情就想撒手！ 没门儿！ 她又不是过期产品说扔就扔！ 你给我听好了，我女儿的病治不好，你要养活她一辈子！"

关鹏更不晓得如何应答，只是磕磕巴巴问道："那你们……你们想怎么样？"

王美琳的父亲朝老婆做了个手势，示意她息怒。 他说："问题很好解决，给你两个方案，你自行选择：一是继续跟美琳谈恋爱，解铃还须系铃人，你留在她身边，她自然会康复；二是你走你的阳关道，她走她的独木桥，不过，你要给她十万元的精神损失费。"

关鹏起身就想走。 王美琳的父亲清清嗓子说："年轻人不要太拿自己当回事儿。 如果你不配合我们，我们就去你们单位掰扯掰扯。 你肯定不希望自己的大好前程毁了吧？ 一个在职警察，玩弄无知少女，话好说不好听啊。"

关鹏的衬衫都湿了，说："你让我好好想想，让我好好想想……过段时间我们再联系。"王美琳的父亲哼了声："你最好明天就给我回话。我在北京开了十二家羊肉泡馍店，手下员工百十号，可比你个小屁警察忙多了。"关鹏满脑糨糊。他感觉自己就是条落水狗，正挣扎着爬向岸边。还好，他相信自己游泳技术还不错，姿势也不会太难看。

有美一人兮

老炮兵营长和老林黛玉火速赶来了。关鹏听着门外焦灼的敲门声，忍不住去瞅顾长风。顾长风咧嘴道："是我打的电话。信我的没错，酒是陈的香，姜是老的辣。"

老两口儿水都没喝，先问起事情原委。老炮兵营长还从褪色的军用书包里掏出笔记本记录。遇到关键性问题，譬如，关鹏是否和王美琳发生过性关系，发生过几次性关系，是否采取了避孕措施，有没有堕过胎，老炮兵营长都会皱着眉头用红水笔做标记。当关鹏支支吾吾地将事情说完，老炮兵营长的本子上也密密麻麻写满了字。为了清晰可见，他还利用老林黛玉去厕所的空隙画了张形势分析图。他说，形势有点儿紧迫，但还不至于到警戒状态。王美琳父母知道开弓已无回头箭，唯一的目标，无非是想从你身上诈些钱财。这时站位要高，目光要远，态度要积极，行事要低调。如果他们真闹到局里，名声肯定受损。 这种事，掰扯不清，千万不能让领导和同事认为你是个玩弄女性的男人。 虽然现在开放了，但还没开放到美国的程度。 不过十万块也确实离谱，我会帮你处理好的。 最后，老炮兵营长拍了拍儿子肩膀，铿锵有力地说："战斗开始了，不过我们肯定是胜利一方，美国哪里干得过中国？ 纸老虎而已。 把那老家伙的手机号给我，我和你妈去谈判。"

他们下午4点钟去，晚上7点钟回。 回来后老炮兵营长清了清嗓子说："去外面吃火锅吧。"关鹏就知道问题解决了。 老林黛玉无疑流过些许泪，眼布血丝，声音也有些喑哑。 当老炮兵营长点菜时，她朝关鹏竖起三根手指轻轻晃了晃，于是关鹏知道，赔了王家三万块。 那是顿沉默的晚餐，只有豆豆举着爆米花在他们中间跑来跑去。 等吃完饭已9点，老炮兵营长执意开车回廊坊。 关鹏晓得他认定的事，别人休想劝阻，只得叮嘱他们上了高速要注意安全。 老炮兵营长重重"嗯"了声，扫他一眼，说："狼行千里吃肉，狗行千里吃屎。 我们是本分人，既不能做狼，也不能做狗，我们要做狼狗，谁欺负咱了，该咬谁就咬谁。 记住没？"

这么些年来，关鹏还是头次听到老炮兵营长的肺腑之言，不禁拼命点头，同时将老林黛玉的泪水慌乱揩去。 以为就没事了。 本来他劝顾长风随老炮兵营长一起回老家，可顾长风说，他老婆又改了主意，不想离婚了，跑到单位撒泼耍赖，弄得领导很火大，此时回去无异于飞蛾投火，还是先在这里休养生息。 他前几天看广告，发现有家私立幼儿园招校车司机，他就去应聘了，人家也录用了他，还说豆豆如果入托，会减半收费。 关鹏就没话可说了。

过不几天局里要举办消夏晚会。 每年盛夏，局里都举办这样的演出。 有点儿文艺细胞的男警女警集体出动，会唱歌的唱歌，会跳舞的跳舞，会说相声的说相声，会演小品的演小品，主题无非是"警爱民民拥警，警民携手一家亲"。 作为工会兼职干事，关鹏必须像只皮猴不停旋转，挑选节目，购买服装，写主持词，联系场地，事先排演，如此如此，堪比迎春。 往年，还要从市歌舞团邀请舞蹈演员领舞伴舞。今年领导说了，要开源节流，坚持两个"务必"，伴舞的就挑些腿脚伶俐的女同志吧。 没经验？ 那就请有经验的老师带一带嘛。 我们女同志抓坏人都手到擒来，还会被扭扭胳膊撩撩大腿这样的屁事难倒？ 既然领导如此安排，主管副局长和主任也不便多言，吩咐关鹏想办法聘请艺术指导。 关鹏有个高中同学在本市艺术学院教书，便给他推荐了舞蹈系的一名教师。

这女人叫段锦。 素面，长发，穿条宝石蓝长裙。 她跟关鹏在办公室聊了个把小时。 声音清脆，时不时夹杂些手势，手势也柔和，并不显得夸张或傲慢，关鹏就多瞅了几眼。 事情谈拢，关鹏说："段老师，天都黑了，您忙活半天真不落忍。 不如这样，我请您吃晚饭吧？"

段锦笑笑说："我晚上有约了，改天吧。 你要是还有什么想法，尽管和我直说。"

女人的长发腰间荡漾，关鹏倚着门框愣了片刻。随后，麻烦事就来了。

是王美琳。关鹏本以为再也听不到她的声音了。她嘶哑着说："你看看我的微博吧。"

一看真吓一跳，王美琳正在微博上进行自杀直播。有张图片是条细柔的胳膊，胳膊上那条醒目红线无疑是刀片割的。还配了句话："原想选一人到老，择一城白头。不承想终究镜花水月。再见了，我爱的你。"关鹏再联系她时已经关机。除了恐惧，关鹏更感觉到一种深深的厌弃。他不喜欢拿性命开玩笑的人，更不喜欢拿性命威胁别人的人。作为训练有素的警察，他很快得出结论：王美琳只是在恐吓他。这个时间正是吃晚饭的点，他们宿舍的同学肯定都去了食堂，她心血来潮搞了这么张图片来吓唬他。钱她已拿到手，还想怎样？思来想去他给顾长风打了个电话，然后两人去了美大。如关鹏猜度的那样，王美琳穿着睡衣披头散发地开了门，见到关鹏先拱入他怀里，鼻涕一把泪一把。关鹏二话没说，拽起她旋出宿舍。

这间咖啡厅他们以前常来。关鹏给她点了比萨和果汁，看她小口小口地吃，边吃边嘟嘟囔囔，说她把父母赶走了，她会把那三万块钱还给他，她不缺他的钱，只是缺他的怀抱。抬头看着关鹏傻笑。笑得关鹏心里很不是滋味，犹豫半晌才道："你知道我为什么要和你分手吗？"

王美琳说，知道，怪我不懂事。 关鹏说："其实那都是谎言。"王美琳说，知道，你肯定爱上别人了。

关鹏说："知道我爱上谁了吗？"王美琳摇摇头。 关鹏指着身边的顾长风说："如果我说是他，你觉得惊讶吗？ 没错，我是'同志'。 今天跟你'出柜'也是迫不得已。 我不想你嫁个一辈子戴面具的男人，也不忍心将你的幸福毁在我手里。"说完将顾长风搂过，定定地看着王美琳。

王美琳嘴里的比萨掉在桌上。 关鹏说："我知道你是个好女孩。 我的选择你也肯定理解。 你会祝福我们俩的，是不是？"王美琳盯了顾长风良久才说："谢谢你的信任，关鹏。 我会为你守口如瓶的。"关鹏长叹一声："我知道你是世界上最善解人意的女孩。"王美琳神情恍惚地乜斜他们俩一眼说："为什么帅哥都是'同志'呢？ 给我讲讲你们的故事吧。"

把王美琳送走，顾长风再也忍不住狂笑起来。 关鹏很严肃地问道："我演技怎么样？"顾长风重重捶他一拳说："我才是最佳男主角好不好？"关鹏说："好个屁。 额头的汗差点儿滴我手背上。 唉，只能用荒唐来对付荒唐。"顾长风托起关鹏下颌说："亲，不会真爱上我了吧？"关鹏掸掉他的手说："滚！ 即便地球上只剩下凤姐和你，我也会选择凤姐。"顾长风"喊"了声说："你该怎么感谢我啊？"关鹏说："去'梦吧'好了。 不醉不归！"

关鹏将豆豆托付给小弟炳文，然后带顾长风去了酒吧。

未承想在酒吧里碰到帮老友，酒就喝得喧闹。 大鸟在市城管局工作，父亲是国税局局长，但大鸟人低调实诚，身边总是那个小鸟依人的女友。 胡烈和女友正在玩骰子。 胡烈是一家商务公司的老总，即便在酒吧，白衬衣的袖口也扣得格外紧绷。 他女友是港务局的会计，长得特像《复仇者联盟》里的黑寡妇。 一帮人猜拳掷骰子玩真心话大冒险，不亦乐乎。顾长风啤酒一杯接一杯，后来又换了伏特加。 关鹏晓得他是难得的轻松，压抑这些时日，换成他早疯了。 去洗手间时眼风扫到个背影，依稀熟悉却偏念不起是谁，不禁跟着走几步，待看到侧脸才惊喜地喊道："段老师！ 您也来玩了？"

不是段锦是谁呢？ 只是换了条黑色短裙，化了烟熏妆。段锦笑道："还真有缘分，这里又碰上了。"关鹏搔搔头："是啊。 您自己来的吗？"段锦说："别老您呀您的，我可能比你还小。 直接叫我名字好了。"关鹏说："好啊好啊。 您在哪桌？ 不如过来喝两杯。"段锦说："跟同事们来的。 不方便吧？"关鹏说："您是我们的艺术指导，有什么不方便的？ 那是蓬荜生辉啊。"

于是并桌，不管相熟不相熟，先是通乱喝。 关鹏喝得少，动辄就去偷瞄段锦。 这姑娘无论何时，脸上都挂着抹仿佛随时要消逝的笑容。 后来在别人脸上，他再也没有发现过类似表情：那笑容是剂镇静剂，能让你即刻心安，可是因为短暂，又会让你心生怅惘。 酒也不乱喝，从不主动敬酒，当别人向她举杯，她含笑盯着对方，象征性地抿上一小口。 那口酒洇留在唇齿间，随时都要从红嘟嘟的唇里渍出。 关鹏的心有些慌，跟她碰了几杯后，邀她去舞池里蹦迪。 段锦摇摇头，说她不会跳舞。

关鹏说："我教你啊。"

段锦歪着头问："你经常教女孩子跳舞吗？"

关鹏说："我只教喜欢的女孩子跳舞。"

段锦说："我只和我男朋友跳舞。"

关鹏有些失望。 段锦又说："不过，我和男友分手了。"

关鹏眼睛亮了亮。 刚想说点别的，就接到了老炮兵营长的电话。 老炮兵营长说话素来言简意赅，口吻犹如长官对士兵训话。 他说，我和你老妈商量了几天，决定给你买辆新车。 什么牌子？ 奥迪Q7。 为啥买这么贵的车？ 我们想透了，这世道，人靠衣装佛靠金装，尤其你们大城市，更是狗眼看人低。 说白了，买新车就是为了给你提高身价，能更快捷、更省事地找个好老婆。 哪儿来的钱？ 你忘了吗？ 咱家旧城改造时，老房子换了三处新楼房，我不过卖了一处而已。

关鹏愣住，不晓得说什么。 老炮兵营长说，这个礼拜天你跟我去北京提车，然后直接开回你们单位。 让你们单位的人也知道，咱家不是白给的，让那些拜金姑娘也看看，你不是白给的。

接完电话回到酒吧，段锦已经走了。 关鹏有些失落。

他不晓得为何失落，此时应该感觉到兴奋才对。 还好，不久接到了段锦的短信。 她的短信很短，只有五个字："晚安，小警察。"关鹏盯着那五个字，隐隐觉得有戏。 如她对他无意，何必发短信？ 即便礼节周全，"晚安"两字足够；如果是业务关系，加上"警察"两字也无可厚非，可是前面那个"小"字，就有了些调侃有了些亲昵的意味。 关鹏忍不住跟大鸟和胡烈他们又狂喝了几瓶啤酒，内心里始终燃团微微了了的火焰。 到散场找到顾长风时，顾长风正搂着位"公主"互留手机号，拽他起来，才发觉路也走不稳。 等出租车时，脑子里还想着段锦的背影。 他有种预感，如果明天约她共进晚餐，她肯定不会拒绝的。

钢铁侠

每日清晨关鹏的行程大致如此：6 点半起床，7 点开那辆老桑塔纳拉顾长风和豆豆吃早点，7 点半把父女俩送到幼儿园，顾长风要开着那辆造型夸张的校车接孩子们。 8 点到单位。 单位没有保洁，需要同志们自己打扫楼梯、厕所。 刚上班时，关鹏早早跑到单位，拖地板倒厕纸，顺便将同事们的杯中沏满普洱茶。 这是老炮兵营长一再叮嘱的，说新人就要眼尖手勤腿快嘴甜。 过段时日，关鹏听见有人在背后议论，说这新来的后生心眼儿真不少，看着傻，其实比谁都精明，如此急功近利想干吗？ 听着生气，关鹏故意到得晚，别说拖地板，桌上直积了半尺灰尘。 过段时日又听人说，哎，这孩子原来比谁都懒，新鲜劲儿过了，就露真相啰。

关鹏是个经验主义者，上大学时哲学老师讲，经验主义是形而下的哲学，被毛泽东、邓小平批判过，但关鹏觉得经验主义至少要比理性主义靠谱儿。 他发现，大家基本上是掐着点来。 8点半上班，8点25分到，到了后，象征性地抹抹桌子扫扫地，开始各忙各的。 关鹏也照猫画虎，不过分热诚，也不过分冷淡，反正大家都这德行，谁也挑不出谁的理。 倒也真的没人说三道四。

这几天去得早，纯粹是因为演出事宜。 马上要文艺会演，先是西岗区那个从小学五年级就指挥少先队员合唱团的老刑警得了阑尾炎。 接着两个女警在跳拉丁舞时崴了脚，肿成大象腿，再没办法训练。 另外就是从网上购买的裙子号码普遍小一码，本来都是臃肿的大妈了，勒身上仿佛群面相愁苦的巴西女奴……关鹏知道考验自己的时刻到了，如果这些小事不能嘎嘣脆地处理好，不定遭多少人背后耻笑。

段锦听说后倒帮了不少忙。 她说她有个学生指挥是把好手，获过全省的什么"金指挥棒"奖；至于跳舞的就更好说，简直比蚁窝里的工蚁还多。 关鹏支支吾吾地问，那费用怎么办？ 确实，上面给的经费不够塞牙缝，用起来真是英雄气短。 段锦说，她那个学生，父亲是老公安，自小崇拜警察，要是指挥这么一帮叔叔阿姨合唱，高兴还来不及，谈什么钱不钱？ 至于伴舞，备好服装就行。 关鹏嘻嘻笑着说，真是警民鱼水一家亲。段锦说，那是，不过，会演结束后，你要请我们吃麻辣小龙虾哦。关鹏赶紧说，等那么久干吗？不如今晚就请。段锦想了想说，改天再说吧，你忙成这样了，我们怎么好意思打扰。

她说得比较犹豫，关鹏说，也好，过几天再请他们不迟。不过我前几天团购了"盛世海鲜"的券，不如今晚我单独请你。听说那里的海鲜煲请的可是韩国料理师。段锦沉默良久，方才盯着关鹏说："我今晚约了朋友，去看俄罗斯皇家芭蕾舞团的《睡美人》，真是抱歉。"

看来她说了谎，那晚刚提及和男友分手，今晚就约人看《睡美人》？瞥眼段锦，却没再问别的。不过，晚饭还是在饭店吃的。顾长风发工资了。这货向来是有一分花两分，非要请关鹏吃大餐。关鹏说，那就去吃大排档，老王家的擀面老汤味道杠杠的。顾长风急了，说，那怎么成？我还请了同事呢。我可不想让人家以为我抠门。关鹏懒洋洋地问，什么同事啊？男的女的？顾长风说，女的，我们单位的财务会计，人老好了。关鹏问道，结婚了没？顾长风若有所思地答道，应该没有吧？

等见了面，才明白顾长风那句"应该没有吧"是有所指。这是个比豆豆高不了多少的女人。身材如孩童，却是老姑娘面相。关鹏不禁皱了皱眉。还好，豆豆跟这个叫盈盈的侏儒很合。盈盈脾性也好，声音柔柔的，一辈子都不会着急的样子。他们四人坐在一起，仿佛是两位父亲带着两个女儿共进晚餐。 顾长风说，去了幼儿园，人生地不熟，是盈盈关照有加，才让他觉得心里挺暖和。 盈盈说，谁都有初来乍到的时候，这么做是应该的。 顾长风就倒了满满一大杯啤酒敬盈盈，盈盈也不推辞，一饮而尽。 顾长风瞄了瞄关鹏，关鹏也接圣旨般赶紧敬酒。 敬第二杯酒时，手机响个不停，看了看，是段锦。 心差点儿跳进酒杯，慌里慌张跑到屋外。

"你到星海剧院接我来吧。"段锦说，"我在停车场等你。"

肯定是段锦遇到意外情况，不然不会这个点给他打电话，也不会用这种口吻跟他讲话。 关鹏也没跟顾长风打招呼，开车直奔剧院。 到了停车场，空空荡荡，只剩辆宾利停在那里。 段锦端着胳膊靠在车门上，她对面是个穿西装的男人。 关鹏瞅了瞅那男人说："段锦，我们走吧！"男人愣了几秒，一把抓住段锦，又瞥了瞥关鹏，问道："这就是你说的新男友？"

段锦说："没错。"

男人问："警察？"

段锦说："没错。"

男人笑着说："样子不像个警察，倒像个吃软饭的小白脸。"

段锦说："好坏跟你都没关系。"

关鹏想了想，走过去拉住段锦的手，转身对男人说："别再骚扰段锦了。 她以后不想再看到你。"

男人仔细打量关鹏一番："这样毛手毛脚的男孩，过两天就腻了。"

两人上了车。 段锦用纸巾擦了脸，又掏出化妆盒小心地涂口红。 反光镜里关鹏看到她的脸在忽明忽暗的光线中显得那么陌生。"送我回家吧。"段锦说，"我累了。"

途中两个人谁都没吭声。 本来关鹏以为段锦会跟他说点儿什么，比如，关于这个看起来颇为神秘的男人；比如，他们之间曾经发生过的故事；比如，今晚他们一起看的芭蕾舞剧《睡美人》。 可段锦的唇线封得死死的，目光游离地看着窗外，关鹏也就没好意思开口。 不过，男人肯定是个有钱的男人，没钱能开宾利慕尚？ 男人也是个有来历的男人，当了这么些年警察，还是一眼能看出对方成色的。 不过男人还是有些特别，不像这个地区的有钱人，脖子上挂着黄金链、手腕上拴着赛鸽蛋的象牙。 他看起来很清洁，眼神里满是迷离和……疲惫，仿佛一个随时会睡着的孩子。

段锦在小区门口下了车，朝关鹏摆摆手。 关鹏说："要我送你上楼吗？"

段锦说："改天……再请你上来喝茶吧。"

关鹏说："明天上午预演，局长审节目，不要迟到啊。"

段锦只是笑了笑。 回到家里，一个人没有，看来顾长风和盈盈他们聊得很投机。 想到段锦说，改天请他到家里喝茶，难免欢喜。 又想到今晚她的举动，心里满是疼惜。 她骗那个男人说，他是新交的男友。 如果对他尚无好感，怎会拿他当挡箭牌，又让他救驾？ 明显拿他当了贴心人。 她还把他的身份告诉了男人，无非想让男人少找麻烦。 再有钱的人也不会主动招惹警察。 这女人看起来云淡风轻，其实心思缜密得很。 关鹏推开窗户，小声咳嗽。 他看到顾长风回来了。 豆豆走在中间，左手是顾长风，右手是盈盈。 他们有说有笑，仿佛是顾长风带着幼儿园的小朋友在郊游。

翌日段锦来得很早，穿了身咖啡色套装，娴静庄重，看到关鹏先就笑。 只是一笑，关鹏就酥软了。 那天虽有局长坐镇观摩，他仍气定神闲地调度，半丝躁气也无，连那个老嗡嗡乱响的音箱也傻大黑粗地站在那里，中间没有变调或失声。 演员们也争气，合唱气势冲天，眉毛都快从眉骨上飞弹出；扎着马尾辫的小指挥别看纤细，指挥棒一动，先把自己拧成芙蓉姐姐的 S 形，顷刻调动起千军万马；女人们的裙子全换成了加肥版，她们张着赤红大嘴歌唱、摇摆，深情如天主教堂唱诗班的女童……局长当场表扬了大家，当然也表扬了办公室，说办公室措施得力，安排巧妙。 关鹏忍不住得意地瞄了段锦一眼，不承想段锦也正拿眼风拢他。 两人相视而笑，段锦还趁机眨了眨眼。 她这个小动作不禁让关鹏浑身燥热起来。 他抽空给她发了条短信，说：为了庆祝预演成功，我们去吃海鲜吧。 不久便收到段锦的回话："好的，小警察。"

那日的晚餐既喧闹又宁静。 喧闹是别人的，觥筹交错，划拳行令；宁静是他们的，只是默然吃饭，间或关鹏抬头看着段锦"嘿嘿"傻笑两声，段锦也不搭理他。 关鹏有些恍惚，身边蓦地万籁俱寂，这个叫段锦的女人，仿佛已陪伴他在此坐了数十载。

"你老傻笑什么？"段锦终于忍不住问，"没见过女人吃饭吗？"

关鹏说："没见过女人连吃饭都这么美。"

段锦说："油腔滑调，哪像人民警察？"

关鹏说："人民警察也得学会赞美姑娘啊。"

段锦正色道："记得正式演出了，千万别让那个男主持再忘了拉裤链。"

关鹏笑着说："他有前列腺炎。"

段锦"哦"了声："不早了，我要回家了。"

关鹏说："回家有鸟意思？ 我带你看些好玩的。"

段锦狐疑地盯着他，慢慢擦掉唇边的海鲜汁。 他带她去了宿舍。 她没反对，安静地在他身后跟着。

顾长风带着豆豆去海边了，打开窗户，濡湿的风不时袭来。 段锦说："宿舍够乱的。"关鹏吐了吐舌头："我有个哥们儿带着孩子也住这儿。"段锦说："开收容所啊？"关鹏将顾长风的事简说一遍，边说边踩着板凳将一个硕大纸箱从衣柜顶部搬下，擦拭掉灰尘，瞥眼段锦，慢慢腾腾地打开。

那是箱超级模型：全是大小不等、造型各异的钢铁侠。它们站在箱子里，仿佛一支整装待命的部队。"这个最威武的，三十五公斤呢，是一比一的钢铁侠，3Iron Man 3 MK43

手办模型，纤维增强复合材料的，啧啧，战甲是金红色相间，眼睛和胸口能发白光。 是不是跟我一样帅？"关鹏把这个跟他差不多高的模型搬开，"这个是二比一钢铁侠，材质是PV-CABS的。 喏，再瞧这款。 本来是漫威的限量版，但战损版是我亲手做的。 牛逼吧？ 我一帧一帧看电影，然后买了电钻、焊枪、喷枪、金属油漆、头灯和放大镜，用了半年的休息日做出来。 后来用单反拍了照片发到论坛，有人出价三万块钱我都没卖。 我怎么舍得卖呢？ 哎，等我搬新家了，我要专门做个玩具柜，要按照电影专门定制，把一至七代全放在水晶弧形格子里。 这个想法牛逼吧？"

段锦坐地板上托腮仰望着关鹏唾沫星子乱飞，脸上是那种惯常的微笑。 她什么都没说。

关鹏有些失望，满以为她会很喜欢，即便不喜欢，最起码也要装出喜欢的样子。 他点上支香烟说："这些都是我的宝贝。 下班没事干，就一个个摆出来。 站在它们面前，我觉得自己成了将军。 小时候，爸爸给我买了套塑料圣斗士星矢，整个暑假我都没出门。"

段锦说："说实话，你把那个最大的钢铁侠搬出来的时候，吓了我一跳。 让我猜猜你的心理吧，你梦想着成为超级英雄，可是呢，内心还是个小孩。"

关鹏犹豫着拉过她的胳膊："我哪里都不小了。 不信的话你摸摸。"

段锦打掉他的手："谁稀罕啊。"

关鹏说："真的不喜欢啊？"边说边把她拽进自己怀里。

段锦拱了几拱，他喘息着说："别动，别动，我可是钢铁侠。"段锦"扑哧"一声笑了，气力就绵软些许。 关鹏顺势熄了灯，一把将段锦按住。

深海

关鹏没料到和段锦进展得这般顺利。 段锦不是矜持的女人，该做的两个人也都做了。 关于床事关鹏对自己甚是满意，多年的魔鬼体能训练让他比肯尼亚草原上的猎豹还勇猛。 那晚他送段锦回家，分别时吻了她。 她的舌头是茉莉花。 他闭着眼憧憬，蜂蜜般甜美的日子怕是真来了吧？

才知道什么是热恋的滋味。 以前和女人们的种种，跟段锦的种种相较，全是温暾的白开水。 上班时会忽地想她，想她的桃花眼，想她嘴角不明显的细碎纹理；午餐时会忽地想起她，想她在床上凌乱的长发，想她腋窝牛奶的香气，此时那地方就不由得竖起旗杆；下班时会想起她，想她走路的姿势，想她说话时的语调……冷不丁清醒过来，难免自嘲，也算久战情场，何故如情窦初开？ 怕影响她上课，只有不停地给她发短信。 短信也清洁，无非是忙不忙，吃了没有，注意午休啊诸如此类的日常性问候。 段锦回话一般都要迟些。他更难受，单枪匹马在城里闯荡打拼的姑娘，哪怕有怪物史莱克疼她也好。

　　关于段锦家世，关鹏还是在乎的。他觉得，择偶好歹要进行一次科学化、程式化的考察，与王美琳的荒唐事更从反面印证了此点。这是父母传授给他的经验主义。首先对方有无家族性遗传病史，比如白癜风、癫痫症、红斑狼疮、精神病、抑郁症、舞蹈症、侏儒病、糖尿病，底线是色盲和左撇子——只要不驾驶车辆，色盲和左撇子还是无关紧要的。其次对方父母是否近亲结婚，这东西最有可能隔代遗传，底线是五代以外直系血亲，他相信医学，到了第六代染色体估计就不会交叉影响。再次对方是否单亲家庭。这点也要命，是老林黛玉一再强调的。她认为，凡是家庭不完整的姑娘大都有心理暗疾，比如轻微自闭症、间歇性暴躁症和隐蔽性孤独症，日后必会影响夫妻关系和婆媳交流。底线呢，是父亲或母亲因病早逝，毕竟是天意，对孩子的伤害有限，不会影响心理发育。水务局那个长得像高圆圆的姑娘，虽貌美性温，和关鹏也情投，但因 8 岁时父母离异，还是被老林黛玉和老炮兵营长一票否决。最后是对方有无身体残疾的兄弟姐妹。要是配偶有个脑瘫弟弟或低智商妹妹，岳父岳母病故后如何抉择？50% 的可能性是由他们抚养，一旦如此，问题也如多米诺骨牌般纷至沓来：家庭负担加重，夫妻矛盾剧增，离婚率骤升。当初，他颇为心仪的那位幼儿园老师，就是因为有个脑瘫弟弟，相处了三个月后，仍分手两相忘。

　　虽深陷情网，关鹏仍保持了充足的警惕性，把段锦背景摸个底透，结果也让他颇为满意。她老家是内蒙古呼伦贝尔草原的，父母都是县城公务员，体健貌端，弟弟正上大学，是学校篮球队的队长，还参加过全国大学生篮球联赛。 她在上海念的艺术学院，毕业后一直在本市大学教书，去年入的党，曾连续三年被评为全校优秀教师。 可说算得上标准的小康之家。 唯一让他疙里疙瘩的，是她的前任男友。 那个开宾利的男人，时不时会忽然蹦出，斜眼打量他，让他心里陡然一凛。 他本想跟段锦问问男人的情况，话到嘴边又生憋回去。 即便真问了，段锦也未必说，没准还会勾连起伤心事；即便真说了，难免觉得他小肚鸡肠。 两人都不再是榨汁机刚榨出的纯天然新鲜果汁，没必要计较果汁底部是否有沉淀物。 何况，有些事过去，最好的选择就是让它埋葬在马里亚纳海沟。

然而那天心里还是硌硬了下。 本来说好跟段锦去张北草原音乐节。 据说罗大佑、朴树和伍佰要来。 奥迪也从北京提来了，正好跑高速磨合磨合。 顾长风和豆豆呢，要参加幼儿园组织的夏令营，也不会打扰他俩。 查了查天气，不冷不热，最适宜租住帐篷，早早将杂物备好接上段锦。 快上高速时，他接到条短信："你会后悔的，关。"

你会后悔的。 关鹏皱皱眉，盯着号码。 是陌生号，也许发错了。 转念一想，如果发错了，怎知他姓关？ 那么，谁给他发这样一条没头没尾的短信？ 这话什么意思？ 忍不住偏头看了眼段锦。 段锦正塞着耳机听歌，吐着舌头问："怎么了，小警察？ 是不是忘了带身份证？"关鹏强笑道：

"也不看看我是吃哪碗饭的。"

那天天气委实不错，关鹏心里却蒙了层霾。 他掰着手指数了数最近自己干的活儿，数来数去好像并无漏洞，更没得罪什么人。 就是跟王美琳分手而已……对，就是王美琳，关鹏恨恨地想，这不知好歹的，难道还在打他的主意？ 转念一想又不像。 王美琳是个没心没肺的人，什么话都炮仗般直接飞天炸裂，断然不会如此委婉晦涩。 心里就有点乱，给小弟炳文偷偷发了微信，让他帮忙查下号码。 炳文很快回了，说这是黑号，查不到机主是谁。 关鹏闷头闷脑地开了阵车，时不时乜斜段锦两眼。 段锦那天吊了条马尾辫，她发质硬，可能刚洗的头，有几根随风胡乱飘拂。 她的侧脸没有正脸耐看，下巴过于圆润，飞驰的阳光打在上面，有种瓷釉方有的光泽。

然而还是挺开心。 乱糟糟的音乐节，客栈全满，帐篷租光，伍佰晃着几根油腻的长发唱了《挪威的森林》，罗大佑颤抖着破锣嗓儿唱了《恋曲1990》，朴树压根儿没来，然后是些莫名其妙的乐队，新裤子旧裤子，盲肠玫瑰异度空间之类。 关鹏从身后搂紧段锦。 霓虹灯和射灯将黑黢黢的天空射穿了几个洞。 当他抬头仰望天空时，恰有流星驰过，不禁闭眼许愿，无非是跟段锦百年好合之类。 许完愿忍不住自嘲，都什么年岁的人，还跟个孩子似的幼稚。 即便如此，心里仍是蜜汁流淌。 只是当他小狗般舔舐着段锦散发着茉莉香气的发梢时，车上接到的那条短信忽又跳出来，一字一字在瞳孔里放大，随着歌声左飘右摇。 关鹏猛然间醍醐灌顶：这短信，八成是那男人发的吧？ 他怎么舍得段锦这样的女人？穷追猛打不成，才发了短信让他生疑猜忌。 如此手段，也真够下三烂。 想明白了，将段锦搂得更紧。 段锦用手指敲敲他脑门说："又发情了？"

从张北回来，忙得是脚尖朝后。 先是文艺晚会在梅地亚广场隆重上演。 让关鹏欣慰的是，主持人裤链没忘拉好，小指挥的S形堪比逻辑回归模型，小品演员没有卡壳冷场，总之一切都顺当流畅。 刚忙完会演，上面的暗访组又来暗访，少不得接待应酬。 接着是部里的老干部们来疗养，他们要挨个儿慰问。 除了这些，还有让他担忧的事。 有传闻说，纪委收到了举报大局长的匿名信。 他呢，虽没做过什么违法乱纪作奸犯科之事，可毕竟是大局长这条线上的人，如果大局长出什么意外，主任他们难免受牵连。 不过看样子传闻也只是传闻，大局长照样开他的会，吃他的饭，瞧不出什么风吹草动。 他这才稍稍心安，跟段锦商量，是否跟他回趟老家？

他的意思很明了，想让段锦拜会下父母。 无论如何，老炮兵营长和老林黛玉这关肯定是要过的。 按照他的预测，这关不是问题。 见面无非是给他们提个醒：他有了女友，老林黛玉莫再为他的婚事失眠。 段锦那边也无异议，只是说，她要把课调换下，又问去那里的话，需购买哪些礼物。 关鹏想了想说，买些土特产就好，爸最喜欢吃虾皮，妈最喜欢吃螃蟹。 段锦说，给爷爷奶奶买什么？ 关鹏心里一暖，她想得真周全，不过是无意间提过，他跟爷奶感情深厚。就说，他们牙齿都掉没了，买些"富贵轩"的糕点好了。本想替段锦打点这些礼品，不料单位有事，等联系段锦，她说已购备齐全。他也就没说什么。

老炮兵营长他们无疑做足了准备。他们住六楼，还有电梯，仍将一至六楼的紧急通道细细打扫。屋内更不消说，百十平方米的屋，老两口儿昼夜未歇地拾掇两天，就差门上插彩旗墙上贴横幅了。见了段锦这叫个亲，老林黛玉左看右看，前看后看，老也看不够。老炮兵营长假装用纱布擦那管瓦亮的萨克斯管，一双老花眼瞪得溜圆溜圆，怎么都忙不过来。到了做饭的点，段锦一直陪老林黛玉守在厨房，老林黛玉赶了她三次都没能赶出来。菜肴无非是老样子，海蟹大虾炖排骨，鲍鱼鲜蛏烧大鹅之类。满满一桌子菜，就差白酒了。老林黛玉说，地下室还有两瓶陈年茅台，这么欢喜的日子就喝了吧。段锦就陪老林黛玉去了趟地下室。老炮兵营长朝关鹏"嘿嘿嘿嘿"地傻笑，犹如下岗职工中了五百万彩票。关鹏心下暗自得意，酒就喝得有点儿高。段锦也小酌了两杯，不时偷偷掐下关鹏的大腿。关鹏就迷离着眼死盯着她看。段锦说，少喝点儿，待会儿陪我去街上逛逛。老林黛玉忙接话道，去吧去吧，我们县城虽小，也是千年古镇。关鹏说，县城有什么好看的？还是带你去市里转转吧。

两人打车去市里。女人嘛，世界上大抵有三个地方最值得她们留恋：厨房、化妆间和商场。段锦似乎也不例外。

在专卖店她看上双红皮鞋。 处了这么些时日，倒很少见她这般兴浓。 试穿后她又把那双鞋在手里掂来掂去，间或瞥关鹏一眼，半晌才说："真是不错。 很早就想买双这种款式的，不想在这里遇到。"

关鹏不是傻子，焉能不明白她的意思？ 他此时最该做的，就是屁颠屁颠地去开票付款。 按理说这是他的职责，即便是热恋中的阿根廷雄火烈鸟，也晓得把最肥美的蛤蜊献给雌火烈鸟。 但是——关鹏愣没开口。 那双鞋标价两千五百元。 两千五是什么概念？ 他半个月的工资。 打小起，关鹏便是个不随便花钱的孩子。 这可能和老林黛玉的教育有关系。 老林黛玉时常念叨"由俭入奢易，由奢入俭难""一粥一饭，当思来之不易；半丝半缕，恒念物力维艰""常将有时思无时，莫把无时当有时"。 甚至还让他把《蔷薇园》里萨迪的那句名言抄到日记本上："谁在平日节衣缩食，在穷困时就容易过难关；谁在富足时豪华奢侈，在穷困时就会死于饥寒。"关鹏出生没几年，邓小平就"南方讲话"了，可从小到大，关鹏极少买零食，玩具也都是表哥们玩剩下的。 他极渴望得到那套塑料圣斗士模型，又不敢跟父母讲，恰逢老师留了篇作文，叫《我的爸爸》。 他就在文章里赞美老炮兵营长，说他喜欢圣斗士玩具，过生日时老炮兵营长毫不犹豫地给他买了全套。 老炮兵营长偷偷读了他的作文，彻夜未眠。翌日关鹏床头便多了那套梦寐以求的玩具。 由此他晓得，不能轻易开口讨要礼物，而是要等对方主动馈赠——即便对方是父母。别看平日里他衣冠楚楚，拉风得要死，其实穿的都不是名牌，全是淘宝淘来的，不是优衣库就是 H&M（品牌服装），款式新颖便宜，穿一季扔掉也不心疼；即便跟狐朋狗友去泡酒吧，也都是网上团购酒水门票。当然，他唯一的奢侈品就是那些成箱成箱的钢铁侠。

当那双鞋子在段锦手里像团火焰来回晃动时，他其实做了无数次斗争：买，还是不买？买了，段锦肯定认为理所当然，热恋中的男人即便为女人掏心掏肺也理所当然，可以后呢？有一就有二，有二就有三，他开着奥迪 Q7，可并不是他妈的富二代。千万不能给段锦造成这种错觉：他有钱，他喜欢花钱，他喜欢为女人花钱。不然的话日后矛盾定会迭出，女人的欲望是器官上的息肉，割掉虽还会长，但不至于长得太过臃肿肥大；如果一直不割，很可能发生癌变。不买呢，段锦肯定会好好思忖一番：是舍不得，还是别的缘由？她冰雪聪明，定会明晓他的心思，也会体谅他的难处。果然，段锦见他没有动静，就对服务员说，还要去别家看看，先放起来吧。

就去看她的脸，没有丝毫沮丧的样子。她甚至朝他笑了笑，说："还是有点小贵。我们走吧。"关鹏说："你要是真喜欢，我们就买了。"段锦说："一双鞋子嘛，有什么真喜欢假喜欢的。"关鹏说："也好，也好，不如我们去看电影吧，听说《云图》最近挺火。"段锦说："我们还是随便逛逛吧。你们这里不是有地震遗址吗？应该是免费开放的吧？"关鹏偷偷掐了把她的细腰说："有什么好看的？ 要去的话也晚上去，还能干点别的。"段锦拍了拍他的头："你呀，满脑子黄色思想。"关鹏从后面揽住她说："领导一针见血，领导高屋建瓴，领导总是在最关键的时刻挽救同志。"

两人就回了县城。 老炮兵营长和老林黛玉早备好了晚饭。 依然是饕餮大餐。 老林黛玉真是使出了浑身解数，烹炒煎炸，新蔬时鲜，只恨买不得龙肝凤胆。 老炮兵营长也贡献了道据说在部队练就、关鹏只在口头听说过的驴肉焖洋芋，吃得关鹏直打饱嗝。 段锦不停地给老两口儿夹菜，老两口儿又夹给她，她又夹给关鹏。 待酒足饭饱，老林黛玉去收拾寝室，犹如老宫女侍奉皇后般，一水的新褥子新被卧，据她说是 1985 年结婚时的嫁妆，多年来一直压箱底，怕有樟脑丸的气味，已然在阳台暴晒三日。 段锦说："阿姨，我跟你睡吧。"老林黛玉去瞅关鹏。 关鹏说："我妈晚上打呼噜，堪比八级地震。"段锦瞪他一眼，他赶紧说："妈，还是让段锦陪你睡，你们娘儿俩亲热亲热，好好说说话。"段锦说："是啊。"老林黛玉就不敢再说别的，忙去铺床温被。

听着身边老炮兵营长均匀的呼吸，关鹏睡不着了。 看样子，段锦对父母印象不错。 她是面上窥不出心思的人，不过从她言谈中尚能窥知她对自己的家庭甚是满意。 这在意料之中。 他掏出手机，仔细打量着上面那条新收到的短信："你会后悔的，关。"这些日子，每天他都会收到这条内容相同的短信，有时是清晨，有时是午后，有时是日暮。 他已然认定是她前男友所发。 对这位神秘的现任女友的前男友，他一直保持着沉默。 说实话，他完全有办法查到男人的相关信息，男人的车牌号他当时只扫了一眼，却早牢牢记下。 可查出来又有何用？ 只是条骚扰性短信，连威胁都谈不上。 每次看完短信他都想删除，可想了想又保留下来。 他也不晓得这是何故。 有时看看短信，再去看段锦，就觉得这个女人身上隐藏着无穷无尽的旧事。 他渴望知道她身上发生过什么，但又极力克制自己的好奇心。"好奇害死猫"这句话他是信的。

父亲来回翻身，想必是酒喝得高了。 他悄悄爬起踱到窗前。 已立秋，夜色凉润。 楼身后是田地，农人种了苞米、高粱和大豆，清甜之气随风漫卷。 这晚无月无星辰，分不清哪里是田野哪里是夜空，黑黢黢苍茫虚空，偶有枝叶被风吹得窸窣响动，疾而忧伤，犹如夜海上传来的细碎疲惫的涛声。 他点上支香烟，默然凝望着凝望着他的黑暗。

烟火

回单位的高速路上，关鹏接到主任来电。 主任说，你方便吗？ 方便的话你听我说，大局长被双规了。 据说是他们写了匿名信。 这几天可能会有纪委的人找咱们，当然，咱们向来公事公办，做了的事就承认，没做过的千万不能乱说。记住没？

就挂了。

关鹏蒙了。没想到这天真来了。主任口中的"他们"，他当然知道是谁，无非是那两位向来与大局长面不和心也不和的副局长。本以为之前的传闻纯属空穴来风，不承想坐了实。他心里倒也安生，他和主任虽是大局长的人，但丝瓜藤是丝瓜藤，肉豆须是肉豆须，即便有纠缠，还是分得清，平日里办事全照着规章，没出过么蛾子。只不过如若大局长真被拿掉，他们这些一条绳子上的蚂蚱，断胳膊断腿也是难免的。

段锦问道："出什么事了吗？"

关鹏笑笑说："没有。办公室的都是奴才命，这不主任又让我安排午饭。"到了单位一派兵荒马乱。本想找主任私谈，问问细情，可主任没在。其他处室的人见了他，匆匆忙忙点下头，半句话都没有。他甚是无趣，只得坐在电脑前发呆。及至晌午接到顾长风电话，说他在外面租了房子，想下午搬家。关鹏问他为何搬家，顾长风说："我们爷儿俩不能老鸠占鹊巢啊。快让段锦搬过去住吧。"关鹏也没心思挽留，只说下午帮他拾掇东西。

其实也没什么东西，一个行李箱就把顾长风和豆豆的衣物全装下。顾长风说他租的房子在附近，有什么事也好照应。关鹏寡着脸将他送上出租车，顾长风说："真舍不得我们爷儿俩？"关鹏挥挥手："滚吧，快滚吧。"顾长风说："我可不是翻脸无情的人。晚上一起吃饭吧。"关鹏神情恍惚地点点头。 顾长风又叮嘱道："别忘了带上你老婆。"

那顿饭吃得还算热闹。 顾长风带了豆豆和盈盈。 盈盈烫了鬈发，看上去像个衰老的洋娃娃。 段锦和盈盈都围着豆豆转。 顾长风附在关鹏耳朵边问："你拉着个臭脸给谁看？"关鹏道："有吗？"顾长风说："怎么没有？ 是不是掉茅坑里了？"关鹏挤出丝微笑。 顾长风说："女人嘛，绰号叫麻烦，漂亮女人嘛，就是麻烦他娘。 你是爷们儿，让着她点儿。"关鹏忍不住瞅了眼段锦，段锦正喂豆豆吃虾，就说："我们能有屁事！"顾长风快快道："那就好，那就好。"顾长风搬走后段锦偶尔住关鹏这里。 关鹏住的是单位宿舍，低头抬头全是同事，也顾忌段锦老被他们看到，不定传什么闲言碎语，更多时候是他去段锦那儿。 是学校的宿舍，不过气氛要闲适些许。 那天两人完事后，段锦摸着他小腹说："我姑父他们来旅游了，我明天上午有课，你去机场接他们吧。"关鹏皱着眉说："单位这几天乱得很，我怕万一……"段锦打断他说："没有万一。"关鹏不吭声。 段锦又说："人多，记得开你那辆 Q7 去。 除了我姑父姑妈，还有表姐表姐夫。"关鹏问："接到后送哪儿？"段锦弹弹他脑门："把他们扔大街上算了。"

于是晓得段锦是让他给亲戚们安排住宿。 这倒简单，单位跟宾馆素有往来，安排几间房不成问题。 不过这几天单位很多人被找去谈话，按说也该轮到他，难免心里绷了根弦。据说问得特详细，连购卫生纸的账目也要核查。

　　越怕什么就越来什么。 翌日刚想去机场，纪委调查组的人就来了，指名要跟他谈话。 他在办公室当了几年采购，心里还是有谱儿的，账务的来龙去脉也清楚，人家问什么，他就老老实实答什么，虽心无赘事，手心也是捏了把腥汗。 待到谈完话已上午 10 点多，姑父他们在机场都等半个多小时了。 他这才开着那辆老桑塔纳疯了般飞奔机场。 中间段锦打过一次电话，一个自称"你姑父"的男人也打过电话。 到了机场，呼啦啦围上一帮人，倒把关鹏吓了一跳。 原来除了姑父姑妈、表姐表姐夫，还有两个双胞胎男孩。 关鹏连忙道歉。 姑父没好气地说，我知道你是警察，忙，就别客气了，一家人不许说两家话。 瞅了瞅姑父，典型内蒙古人，宽颊细眼，体态如熊，一看就是摔跤高手。

　　只得又打辆出租，将贵客载至宾馆。 段锦早在宾馆等得不耐烦，见关鹏从那辆老桑塔纳车上下来，脸色就有些不对。 关鹏忙说单位有急事，段锦也没搭理他，只是满脸堆笑跟亲戚们又搂又抱。 饭是关鹏订的四百元套餐，除了猪肉炖粉条就是小鱼贴饼子，段锦抽空问道："怎么没有海鲜？"关鹏一愣，旋而红着脸说："哦……怕他们吃不惯。"段锦笑着说："你觉得我们呼伦贝尔人没吃过猪肉吗？ 没吃过鲫鱼吗？"没等关鹏插话就扯着嗓子喊服务员："来两斤基围虾！再来八只阳澄湖大闸蟹！"

　　姑父他们热情得让关鹏有点儿手足无措。 给关鹏带了箱"绊马索"白酒、两箱牛肉干和奶酪，还给老炮兵营长带了件羊皮袄，给老林黛玉带了件鄂尔多斯羊绒衫，礼节周全得让关鹏后悔没订只澳洲龙虾。吃完了就嚷嚷着去海边洗澡。关鹏说："现在水凉了，洗海澡容易感冒。"姑父说："不怕不怕，我们酒喝多了，冬天也敢骑马背上睡觉。"关鹏不好再劝阻，将炳文唤来，两人开车将一大家子运至海边。段锦问："怎么没开你那辆奥迪？"关鹏支支吾吾道："雨刷器坏了。"

其实那辆奥迪关鹏倒极少开。平素都停在宿舍后院，上班下班依旧开那辆老桑塔纳。原因是有的，这么年轻，开着辆百八十万的车，同事不定在背后唠叨什么闲话。可老炮兵营长既然买了，又不能不要，只有跟段锦出去兜风购物，才悄悄开上。发动车时也探头探脑，怕被哪个同事撞到。

段锦说："记得6点钟接我们。"关鹏忙说："尽量，尽量。"段锦扬了扬眉，想说什么又没说，转身带着姑父他们去买泳衣泳裤。

结果下午5点多主任来找他。主任虽只比他大四五岁，却是个沉稳干练的老江湖。在关鹏印象中，如若天漏了个窟窿，主任会悠闲地迈着八字步去超市买胶带纸，断然不会有丝毫慌张。可这次不同，主任脸色阴沉，坐他对面只是抽烟，屋子里满是烟雾。好歹他抬起头，盯着关鹏说："兄弟，哥对不起你，白跟我混这么些年。下午局党组找我谈话了，说给我换个岗，去党办管理资料，待遇还保留着，只是没实职。我倒没什么，不过连累了你，心里难过得很。我担心没准哪天，他们也要拿你开刀。"关鹏沉默良久方道："主任，这么多年了，我最了解你。无论你去了哪儿，或者我去了哪儿，我们还是穿一条开裆裤的铁哥们儿。"主任的眼眶有些湿润，哽咽着说："我明白。这样吧，晚上我们去喝酒。何以解忧？唯有杜康。古人的话总是没错。"

关鹏也不好意思拒绝，心里想着段锦那头，却也不能扔下老主任。忙给段锦打电话，说单位加班，让他们打出租回市里，晚餐也不能陪他们了。段锦说："晚上我就不去你那边了。"关鹏说："好的好的。把姑父他们陪好。别忘了替我敬杯酒！"

那晚主任喝了瓶衡水老白干。关鹏知道主任能喝。据说有次主任陪上面的人吃饭，喝了两瓶茅台，喝了两瓶茅台的主任照样陪客人打牌打到天亮，一句酒话没讲，一件酒事没办。那天两人没任何言语，都心知肚明，此时说什么话都是废话。喝完酒都晚上9点了，主任打了车回家。关鹏赶紧联系段锦。段锦说，姑父他们累了，已睡下，她也没什么精神，正躺床上读书。"我就不过去了，"关鹏舌头都短了，"明天我有急事，你陪他们去极地海洋馆吧。孩子们最喜欢海豚。"段锦沉默了会儿，问道："你是不是有心事？"关鹏说："没什么，单位最近有点儿忙。"段锦又沉默了会儿，说："要真有什么事，尽管跟我说，没准我能帮你的忙。"关鹏嬉笑道："你能帮什么忙？别替我瞎操心，好好教你的书。"

在郑州松社

在华沙的街道。背后是居里夫人塑像

在意大利作家朋友的古堡里

在神农神

在平凉

在台北的"王胖子小吃"。下着暴雨

在台北的诚品书店。书店很大,像座城堡

和鲁院同学去社会实践。雨后,在
贵州的一座叫不上名字的山里

在上海思南会馆接受采访

在郑州松社

在拉斯维加斯。阳光强烈，所有的景致都有些失真

第二天醒来头疼欲裂。关鹏急忙赶到单位，单位也没什么鸟事，平静如风暴眼。难得清闲，关鹏找了本落了尘土的小说，有一搭无一搭地看起来，看着看着想起内蒙古来的客人，忍不住给段锦打电话。段锦说："我们玩得好着呢，你忙你的。"关鹏说："你们要是去森林动物园就跟我说，那里的园长我认识。"段锦说："那个动物园除了绵羊就是黄牛，呼伦贝尔有的是。"

白天清闲，晚上偏又来拨客人，尽管主任已调离，可后勤的事还是关鹏负责，依旧忙如龟孙。回宿舍倒头就坠梦里。醒来时发现段锦坐在床边凝望着他。关鹏拉住她的手问："什么时候来的？"段锦抽出手拍拍他的脸："姑父他们明天下午就走了，你陪我送送。"关鹏问道："才来屁会儿的工夫就走？"段锦说："他们要带孩子去天安门广场看升旗仪式。下午4点的火车。"关鹏将她搂过来猛亲。段锦推开他，整了整裙子说："明天记得到学校接我。"

翌日去火车站的路上，段锦突然说："糟了，忘了给姑父他们买点吃的。附近好像有家乐福吧？"关鹏说："你等我。"他很快就回来了。段锦瞅了瞅，塑料袋里有六根双汇火腿肠，六个乡巴佬茶叶蛋，六瓶"北纬48度"矿泉水，问道："只买了这些？"关鹏说："是啊。不够吃吗？7点钟他们就能到北京。"段锦喃喃道："哦，你想得真周全。"本来关鹏还想买几桶方便面，想想吃不了也会扔掉，何必浪费呢，就说："那当然。"段锦乜斜他一眼："我记得旁边超市里土特产也不少，鱿鱼片、黄鱼干、乌贼肉啥的。"关鹏问道："你没给姑父他们买吗？"段锦说："买了。"说完定定地看着关鹏。 关鹏说："咋啦？"段锦想了想说："没什么。"

亲戚们走后那几天，段锦没怎么联系关鹏。 关鹏也没有往心里去，他这头虽风声松懈，心里那根弦绷得倒比之前更紧。 局里已陆陆续续清理大局长的旧部，人事处的处长去了食堂管伙食，监察处的处长下派到分局当副局长，总之都是明降。 像关鹏这样没职位的，最担心的就是下派到某个兔子不拉屎的派出所当巡警。 他联系了几次主任，主任只是叮嘱他，做最坏的打算，不过年轻人吃点儿苦总是好的，要记得星云大师那句话，吃苦是福。 关鹏还能说什么？ 在办公室如坐针毡，接到段锦电话也没个精气神。 那天段锦说，好久没去酒吧了，晚上去玩吧。 关鹏倒有些意外，她极少主动张罗去如此喧闹的地方，就说，好啊，我把顾长风也叫上。 段锦说，那我把师姐带上，好久没见她了。 关鹏问，什么师姐？ 段锦说，大学的闺蜜，以前都在上海读书，现在做酒店呢。 关鹏说，怎么没听你念叨过。 段锦淡淡地说，她呀，比国家第一夫人都忙，不是想见就能见到的。

关鹏跟顾长风到得早，碰到了大鸟、胡烈他们。 大鸟似乎有些心事，死劲儿喝酒，偷偷问胡烈，这才知晓，大鸟跟女友分了，本打算十一月底结婚，问题就出在买车上。 大鸟想买辆荣威 W5，女友不干，说一辈子结这么次婚，要买辆好车，起码要捷豹 XE 吧。 大鸟说，车就是代步工具，有辆凑合着用就行。 女友说，如果买荣威，那婚也就不必结。
本是两人私话，谁知被大鸟父亲知晓。 父亲说，那就让她嫁
给买捷豹的男人吧，咱们家买不起。 大鸟又犯了个错误，把
话传给了女友，女友告诉了家里，家里又不干了，说大鸟家
有的是钱，买辆破车还要推三阻四，明明是瞧不起我们闺
女，这婚不结就不结，再说了，我们家闺女找什么样的找不
到？ 如此如此，再加上亲戚添油加醋煽风点火，大鸟干脆和
女友分了。

　　关鹏说："至于吗？ 她以后到哪里找大鸟这么好的富二
代？ 有钱不乱花，颜值高不乱搞。 真是傻逼一个。"胡烈
似乎颇为感慨，说："现在的姑娘，老觉得全世界都对不起
她，老觉得全世界都是她的。"瞅了瞅"黑寡妇"嘿嘿笑着
说："像我女朋友这样视金钱为粪土的，还真是快绝迹了。"
关鹏就去看港务局的女会计，看着看着难免羡慕起胡烈来。

　　关鹏喝得有点儿晕乎，见到段锦进来时忙晃晃悠悠站起
来迎接。 段锦说："快来拜见我师姐。"关鹏就去看女人，
一看不打紧，头先炸开去。 那女人见了关鹏也是愣住，盯着
关鹏看。 段锦说："大眼瞪小眼的，怎么，你们认识啊？"
关鹏忙摇了摇头。 师姐笑了笑，说："你男朋友长得可真像
那个明星，叫什么来着？'跑男'里的，对，郑恺。"段锦
说："他可比郑恺帅多了。"

　　师姐入座，时不时瞥眼关鹏，关鹏忙低头倒酒。 她怎会
是段锦师姐？ 他跟她早就相识，有段时间单位来了贵客，都

住富丽华酒店。 女人就是富丽华酒店的前台经理。 关鹏那时到办公室不久，常办漏兜的事，女人帮他打过几次圆场。 关鹏难免对她微生好感。 她是那种男人看过一眼就永远忘不了的女人，说美艳呢，端庄起来堪比马利亚圣母；说端庄呢，眼风扫过尽是春水微澜。 有次结账后，关鹏笑着说请她吃饭，她也没拒绝。 在海边的山庄，他们喝了三瓶波尔多红酒。 与电视剧里老套的情节无异，他们睡了，关鹏一直认为那次是睡女人睡得最爽的。 后来两人也交往过，她很喜欢关鹏。 不过关鹏作了些调查，发现她情史杂乱，又约了几次后对她说，还是做朋友吧，友情远比恋情长久。 他记得说这话时是在家火锅店，羊蝎子冒着浓烈的膻味，水汽像雾霭般将两人笼罩，根本看不清彼此眉眼。 从坐下到离开她一直没说话。 关鹏这才知道，世界上最有力气的动物不是大象，不是雄狮，也不是抹香鲸，而是沉默不语的女人。

　　没想到如今在此相遇，更没想到，她竟是段锦师姐。 酒意骤无，话也不敢多说，坐段锦与师姐对面，眼风却笼着胡烈、大鸟那桌。 段锦说："你呀，心不在焉。 要想喝酒，就去找那帮狐朋狗友吧。"关鹏如获大赦，嘴上却道："我怎么舍得？ 丢下两个美女，简直是犯罪。"段锦说："随你便吧。"关鹏立马正襟危坐，脸上堆笑目视着段锦。 冷不丁扫到师姐貌似哀怨的目光，只得低头小酌。 段锦和师姐在嘈杂的音乐声中窃窃私语，时不时同时抬头扫关鹏一眼，扫得关鹏心如鹿撞。 还好，过不多时师姐起身辞别，她说，相聚时难别亦难，酒店里还有点儿要紧事，要先行告退了。 段锦嗔怪道："你啊你，总是这样，这心刚热乎，就幽灵般飘走了。"师姐说："哪里有女人老恬不知耻当灯泡的呢？ 等哪天大家都空闲，到我们酒店里喝。 我好多年没醉过，倒真想好好醉一场。"段锦说："也好。"

师姐走了，段锦默然跟关鹏喝了几杯血腥玛丽，说："我这师姐，大学跟我一个宿舍，最是贴心。 人长得美，又挑剔，一晃到现在也没嫁出去。"

关鹏皮笑肉不笑。

段锦说："你们单位要是有合适的，不妨给她介绍介绍。"

关鹏说："我们这清水衙门，全是糙爷们儿。 有品有位的师姐，哪里瞧得上眼？"

段锦说："你倒是很了解师姐呢。"关鹏说："天下美女的心思，全都差不多。"两人边说边走出酒吧，在关鹏那辆车旁停住。 段锦摸着车门说："这辆车是贷款买的啊？"关鹏说："谁讲的？ 我老爸卖了处拆迁房呢。"段锦笑吟吟地望着他，半晌才说："上次跟你回老家，阿姨说，车款只是交了首付，叔叔每个月要还贷的。"关鹏不禁皱了皱眉，一时无语。 转念一想，段锦说得也不无道理。 县城里一处拆迁房，也就四五十万的价钱，还真只够付个首付。 自己倒从没想过这个问题，就说："管他呢。 老爷子的心意我也不能辜负。 日后有了钱，我也给他买辆好车。"又说："你闭上眼睛，我有礼物送你。"段锦眯眼看他，关鹏说："小狐狸，听话。"段锦闭了眼。 关鹏从包里掏出件物什塞她手心。 等她睁开眼，却是枚黄金十字架，在微光浸润下尤为闪亮扎眼，不禁"啊"了声说道："你怎么……"关鹏将她揽入怀中，吻得她半个字也哼不出。 她搡开他，将十字架在手里翻来覆去地瞅："你真是有心，后面还刻了我的名字。"关鹏说："姑父来时，说你小时候在教堂受过洗。 那天路过金店，就特意定制了这枚十字架，也不知道你是否喜欢。"段锦又将十字架把玩一番，犹豫着戴到脖子上，喃喃道："其实……"关鹏嘿嘿笑着说："其实我们该回家了。"

回到宿舍，难免巫山云雨。 关鹏兴致高涨，段锦却颇意兴阑珊。 关鹏打她身上翻落，她也只在黑暗中看他抽烟。"以后少抽烟，老了，肺就成了破蛛网。"她将灯打开，俯身凝望着关鹏，关鹏将烟雾喷吹到她嘴里，她也没有往常般拧他耳垂，只是说："我倒是想看看你收藏的那些钢铁侠呢。"关鹏说："黑灯瞎火的，有什么好看的。 不如好好看我。"说罢屈臂展示肱二头肌。 段锦嫣然一笑，从床上跳下，搬了凳子去够。 或是太沉，怎么也没搬动，干脆从凳上下来，手里抓着把烟花。 关鹏已然忘记何时买的。 段锦呆呆地说："我们去放烟火吧，很多年没放过了。"边说边用抹布将上面的灰尘抹掉。 关鹏说："半夜三更去放烟火？"段锦说："是啊。 也不用走太远，附近不是明德广场吗？"关鹏叼着烟屁股假装恨恨地瞪她一眼，说："唉，良辰美景本应颠鸾倒凤，却要无故去受风寒。"段锦说:"就这一次,以后也不会有了。"关鹏说:"那不行。 以后我们有了孩子,逢年过节,都要一起放烟火。"段锦笑了笑,没说别的,只用手轻柔地蹭着烟花细杆。

是小跑着去的。 广场除了他俩再无旁人。 关鹏用火柴将芯子引着,段锦一手抓杆,一手捂住自己左耳。 关鹏说:"别怕,只是烟花,又不是鞭炮。"段锦不听,依然那般姿势。 广场上灯光灰昏,耳畔有咸风号走,关鹏看着银白色烟花柔曼地喷涌,于风中摇曳盛开,随即消散开去,星星点点伴着"刺啦"细响。 段锦笑得清澈,后来忍不住跳跃挥舞起来,宛若婴孩,烟花也随之雀跃流离,将夜风划开一道又一道口子。 放完了一支,关鹏说:"我们不如去角落里,那样烟花才更美。"段锦咬着下唇说:"算了吧,我还是喜欢在明亮的地方放烟火。 颜色单调是单调,心里却安稳。"关鹏说:"傻丫头,总是跟别人想的两路。"段锦也不搭理他,径自又引一支,将手臂高高擎起。 关鹏仰头,看那烟火被风吹得一路飘摇,竟有些痴了。 很快烟花燃尽,关鹏将段锦裹进自己夹克衫里。 段锦一直不停地哆嗦,不晓得是寒风侵袭,还是兴奋难平。 不禁将脸贴至她耳畔,却听她念诵道:"桃花落尽满阶红,后夜再翻花上锦,不愁零乱向东风。"就问:"你说什么呢?"

段锦淡淡地说:"没什么,几句酸词腐句而已。"

关鹏如幼犬嗅骨般闻着她发香,说:"甭给我转词,要记得跟粗人说粗话。"

段锦未应，关鹏却察觉到她在轻推自己。 当她转过身仰望着关鹏时，关鹏见她瞳孔中似有泪光，不禁埋怨道："操，没想到你这么多愁善感呢。"

段锦的嘴唇翕合数次，这才缓缓说道："关鹏……我们分手吧。"

关鹏将耳朵侧过，问道："你说什么？"

段锦说："我们分手吧。"关鹏傻盯着她。 她从脖颈上摘下十字架，想了想，塞给关鹏，说："送给别的好姑娘吧。"

关鹏一句话都说不出，近乎粗野地将十字架套勒进她脖颈。 她没有反抗，任关鹏将十字架塞进内衣。 等他大口喘息着横眼瞥她，她只是随手捋了捋被夜风吹乱的头发。 发梢上全是烟火的碎屑。

麋鹿

关鹏一直后悔那晚眼睁睁地看着段锦离开。 夜那么深，出租车也少，他为何没开车将她送回学校？ 他坐在明德广场的台阶上闷头抽烟，呛得自己咳嗽不已。 有那么片刻，他凝视着段锦越发黑小的身影，眼前除了朱玉碎片，再无旁物。当段锦拐弯时，他猛然站起狂奔过去，风割双耳却万籁俱寂，仿若他在深海区游泳一般。 他看着段锦离自己越来越近，恰在此时，走过来一干人马，不是别人，正是此区的巡警。他们一般都在下半夜巡逻。他不由自主地将脚步缓下。等这干人走远，再去寻段锦踪迹，已如黑鸟入夜。关鹏不禁坐到马路牙子上，又猛抽了几支烟，想那段锦为何突然提出分手。就这么白牙露红唇启，将过去抹得干干净净，一走了之？思来想去仍然莫名，打段锦的电话，通是通了，没人应答而已。如此反复数次，心就越发荒凉。回住处取了车，直开到段锦楼下。敲门半天，悄无声息。就想，像段锦这么聪明的，怎会猜度不到他如此这般，肯定是去别处借宿了。心扭成麻绳，怏怏回了宿舍。躺在床上如被旺火烹炸之鱼，满肚子的怒气无奈。翻过来翻过去，天似乎快亮了。他开上车，又跑了趟段锦的宿舍，猛搏房门。不一会儿对面探出头颅，骂道，神经病吗？半点公德心都没有！关鹏怒气冲冲地瞪那人一眼，那人轻手轻脚关了门，门缝里遂又传出嘀咕声，警察有什么牛逼的！

警察能有什么牛逼的呢，连个女人都搞不定。关鹏只得又回住所，站窗前看那光亮膨胀蔓延，旭日东升，霞光凛冽。匆忙洗脸赶往单位。单位又要开会，布置最末季度任务事宜。其间他溜到厕所，战战兢兢拨那号码，遗憾的是又传来熟悉的铃声。他想，说不定段锦也在纠结懊悔中，没准中午会主动联系自己。待到中午，倒真是接到了电话，不过不是段锦，而是顾长风。顾长风说晚上要请他和段锦吃饭。他最近炒股，小赚一笔，因而将饭店定在了最豪华的金鼎轩。 关鹏有气无力地应付着他，脑子里满是段锦。

　　下午跟领导请了假，去了趟大学。 他知道今天下午阶梯教室有段锦的课。 结果却是位白发老先生。 老先生说，段锦跟学校请了长假，说家里有事，回了内蒙古。 关鹏道了声谢，蔫头蔫脑踅回车里，痴眼望着银杏树的叶子。 自己哪里犯了大错，让段锦如此决绝？ 她那么聪慧宽厚，如果是小错，断不会这样果断。 两人相处数月，脾性都摸得透，自己也没有过什么难堪可隐瞒。 想到这里突然念及师姐。 段锦带师姐跟自己见面，是什么用意？ 难道她知道了自己和师姐的关系，这才让两人相见以辨虚实？ 可忆起那晚场景，除了略显尴尬，也没说什么错话。 即便她知晓了，那又如何？ 谁的旧爱不是他人新欢？ 越想越乱，越乱越想，然后猛地察觉，那弱小的、不安的、如彗星般扫过的阴影，似乎曾在他脑海中迂回游动。 从接到那条莫名其妙的短信开始，一种不祥的预感就如夜之鸱鸮萦绕不散。 他翻出手机，扫了眼中午收到的短信："你会后悔的，关。"

　　即便如今，他也没有后悔过。 如果说，此前几年的单身生活是雾霾之都偶然的几次放晴，那么认识段锦之后，几乎日日是海南岛绵延的晴空。 她毫无缘由地离开自己，又玩起失踪，难道有难言之隐？ 到了晚上，昏昏沉沉去赴约。 除了顾长风，当然少不了盈盈，这次顾长风还叫上了炳文。 也难怪，他早把炳文当成自家的男保姆了。 盈盈似有心事，菜没吃，酒也未喝，不时拿眼风扫关鹏，欲语还休，关鹏也没心思去度量。 见到顾长风倒是愣住。 这家伙一身名牌，手腕上还戴着块价值不菲的名表。 顾长风见他那副嘴脸，忙讪讪地说，偶然认识一哥们儿，是股市操盘手，透露不少内部消息，今年股市行情大好，于是挣了些零花钱。 关鹏低头饮酒，也懒得听他絮叨，喝着喝着晕乎起来，撑着双臂想站立，不承想腿脚绵软跌到座椅上。 他恍惚着想，妈的，自己一定是生病了。

　　果真就在医院躺了数天。 也不晓得是否昨晚受了风寒，发烧咳嗽拉肚子，冥顽不退。 顾长风看守两天，又是验血验尿，又是心电图胸透，忙得四脚朝天，只得暗地里通报给老林黛玉。 老林黛玉和老炮兵营长连夜赶来，见关鹏脸颊苍癯，难免黯然。 关鹏自小皮实，还真没患过灾病，大不了感冒，药也不吃，打几场篮球出几身臭汗，小恙即安。 那天顾长风探病，关鹏将老林黛玉和老炮兵营长支走，断断续续跟顾长风说了段锦的事。 顾长风大惊，说："你们郎才女貌，神仙眷侣的，咋会变成这样？ 你是不是做了亏心事？"关鹏苦笑一声说："我堂堂正正，能做什么亏心事？"又瞥顾长风一眼："做亏心事的是你吧？ 你那块浪琴手表，从哪儿偷来的？"顾长风嬉笑着说："朋友送的。"关鹏说："你又说你炒股赚了钱，可你哪里来的本钱？ 巧妇还难为无米之炊呢。"顾长风沉默了会儿，仍嬉笑着说："我们从小光屁股长大，你不是不知道，我向来胆小怕事，违法的事从来不沾。"不待关鹏追问又匆忙道："我又该做脑电图了，先不陪你了。 老话说得好，天涯何处无芳草，分就分吧，总有好麦穗在后头。"

关鹏问："什么脑电图？"顾长风笑笑说："没什么。"

关鹏没跟父母谈段锦的事，可住院这几天，段锦一次也没来，老林黛玉和老炮兵营长再迟钝，也难免心生疑窦。 那天输完液，老林黛玉边给他按摩手腕边漫不经心地问："段锦出差了吗？"关鹏湿巴着眼不吭声。 这时老炮兵营长问："儿子你说实话，是不是你们出了问题？"关鹏挣扎着起身，说："我们分了。"

老林黛玉和老炮兵营长对视一眼，未再盘问。 待到下午，老林黛玉说："妈是过来人。 你要真放不下，就豁出脸皮死缠烂打，软磨硬泡。 女人家，最大的缺点就是心软。"又说："要是放得下，就别再想陈谷子烂芝麻。 你条件好，就是天上的仙女，都恨不得嫁给你。 我刚和你姑姥姥通了话，她说有个高速公路上的收费员，漂亮又贤惠，要不先见上一面？"关鹏将头摇得如龙睛鱼尾。 老林黛玉说："哎，不过段锦这孩子，倒真是懂事。"关鹏心一阵绞痛，老炮兵营长使个眼色，老林黛玉忙借口买水果出去了。 老炮兵营长说："儿子，你把段锦电话给我，我想跟她当面谈谈。"关鹏说："我的事我来处理。 放心吧。"老炮兵营长站立一旁，搓着手似有心事，半晌才磕磕巴巴地说："儿子，哪天我带你去把包皮割了吧。"

关鹏一时无语。 他小时候确实是包皮。 那时老炮兵营长从部队回来，最喜欢给他洗澡。“没事的，”关鹏低头嗫嚅道，“不影响。真的不影响的。”老炮兵营长讪笑着将一把棒棒糖塞他枕下转身走了。关鹏偷偷剥了支含嘴里，明明是最喜欢的荔枝味道，尝起来却是苦的。

其实这些天他一直给段锦打电话，可都是失落。看来段锦已然铁了心。有时他盯着房顶想着与她的点滴过往，总想号啕一场。可这把年岁，又怕被医生护士听到，更怕惹老林黛玉和老炮兵营长神伤。好歹出了院，老林黛玉和老炮兵营长元神归位，他也到单位上班。这些时日，单位仍是惊魂未甫，老局长未肃清的旧部仍如惊弓之鸟。他懒洋洋地处理着日常旧务，不慌不忙，心也渐渐澄明。那天他接到老主任电话。老主任说：“有两件事想告诉你，一件好，一件坏，你想先听哪个？”

关鹏笑着说：“我都这德行了，还能有什么好事？”老主任说：“那我就先说好事。我表妹有个同事，在街道办事处工作，淑女一枚，要不要见见？”关鹏说：“坏事呢？”老主任沉吟片刻说：“我听到私下里消息说，这次又有一批人被下放。你呢，被分配到官营派出所了。”

官营派出所是最偏僻的所，开车到市里要四十分钟。关鹏说：“我还是先考虑考虑工作吧。”老主任说：“也好也好。越偏远的所越锻炼人，你还年轻，有的是机会。”

虽被贬到派出所当巡警，介绍对象的却没少。闲极无聊也联系了几位。有个某区宣传部的干事，在电话里问了他的学历专业，又问了他身高体重，戴不戴眼镜之类，还要了他的照片。后来说，觉得两人气质不符。关鹏有点儿生气，说那好歹也让我看看你模样吧？那姑娘倒也大方，迅速将照片传来。关鹏一见不禁哑然失笑，照片上的人，从面相上根本看不出是男人还是女人，好像还是兜齿。还有某小学教师，在电话里问了他幼儿园的毕业成绩，小学的毕业成绩，中学的毕业成绩，大学的毕业成绩，工作后有没有立过三等功，还问了问他最喜欢什么动画片，最后也不了了之。关鹏自嘲，如果不说是《圣斗士星矢》，而是说《熊出没》，会不会就成了？如是几番便彻底没了兴致。那天去超市购物，忽然一位女孩远远跑过来搭讪，却是王美琳。王美琳倒没什么变化，只是睫毛膏比以前打得更重，看上去成熟些许。王美琳用一种怜悯的神色打量关鹏一番，支支吾吾道："有件事我……我不知道该说不该说。"

关鹏说："怎么，三万块钱花完了吗？"

王美琳白着眼说："你怎么变得这么刻薄？我们虽然分了手，可我还是拿你当朋友。你们的事，我可半个字都没跟别人说过。"

关鹏就笑。笑是一种没有副作用的镇静剂。

王美琳说："那天我在商场见到了顾长风……就是你那个男朋友。"

关鹏咦了声道："他怎么了？"王美琳说："哎，我没想到男人和男人在一起，也喜欢跑偏。那天他挽着个珠光宝气的女人买衣服。 那女人啊，没五十岁也有四十岁了。"

关鹏说："这有什么稀奇的？ 陪朋友逛街呗。"王美琳说："你知道一起买什么吗？ 乳罩啊。 他怎么能这样对你呢？"

关鹏想了想说："我跟他分手了。"难免有些担忧顾长风，不知道这家伙玩什么么蛾子。

想哪天定要跟他好好聊聊。 东西还未买全，就接到老主任电话，老主任说，上次提到的那个姑娘，人家催了，问要不要碰碰面，也是好几户人家排队呢。 关鹏说，主任你就做主吧。

第一次见面他去晚了。 刚接了件棘手的事，几位女大学生援交，在辖区的小旅馆被抓。 到达茶馆时，他远远看到老主任正背对他跟一位中年妇女聊天。 那个面目模糊的女人有头蓬松乌黑的头发，这让关鹏有种错觉，仿佛女人的身体跟空气没了界限，随时都会被吸入到一个黑洞里，而他在行走的过程中，女人的轮廓却越来越亮，从看清她黑沉沉的眼袋，到看清她眼角被脂粉涂盖的皱纹，心情才豁然起来。 他跟老主任打了招呼，又跟女人握手。 眼光游离时才发现，中年妇女身边坐着个女孩。 他很惊讶刚才进来时没瞅到她。也许，是恰巧她头上的灯光太暗，抑或是，她母亲庞大的身躯将本就羸弱的她挤成了可有可无的影子。

"你好，我是米露。"她欠身，朝关鹏点了点头。 她有些羞怯，仿佛躲在树桩后的麋鹿。 他不禁朝她咧嘴笑了笑。

　　那顿下午茶，基本上是例行公事的下午茶。米露母亲肯定带女儿相亲无数，演习多了，难免延伸出某种略显疲惫的惯性。比如她问了关鹏的家庭情况，父母的职业啊，年龄啊，家庭成员啊，他是哪里毕业的啊……关鹏盯着中年妇女一一作答。后来他干脆不等问询就主动说下去，他觉得这样会让这个女人歇息会儿。说实话，她干燥、浓重的鼻音让他有种被审讯的感觉。他说，他上班时间不长，只有五年。他说，他在北区买了处楼房，还没装修，不过面积不大，只有九十平方米。他说，他工资不高，如果不算奖金，只有五千来块……在他平静地介绍自己时，留意到女人的眼神越来越冷淡。她甚至有些走神，望着黄色桌布上的一块铜钱大的油渍。她那头蓬松的头发上栖了只苍蝇。关鹏看到那只苍蝇安静地舔着毛茸茸的纤腿。

　　"时间不早了，我们先回去了。"女人白了女儿一眼，"你晚上瑜伽馆不是还有课吗？"

　　关鹏才知道米露除了白天在东区的街道办事处上班，晚上还在一家瑜伽馆当教练。

　　老主任瞥了关鹏一眼，关鹏犹豫着说："阿姨，我送送你们吧。"

　　"不用了。"女人仰着下颌说，"我们自己开车来的。"女人的语气有些意料中的生硬。关鹏扭头去看缩在女人身后的米露。米露只是垂着头。在胡同口倒车时，一辆红色轿车从他那辆 Q7 旁缓缓蹭了过去，无疑是米露母女。又瞅到老主任正开着车窗抽烟，就摇下玻璃按了按喇叭。 老主任见到他很是吃惊，摆了摆手大声喊道："操，啥时候买的新车？中彩票了？"

十五分钟后，他接到老主任的电话。 他说，米露的母亲对他挺满意，希望他跟米露先处段时间，待会儿就把米露的手机号发过来。"好好把握机会啊。"老主任叮嘱道，"过年了，别忘给我买条猪背腿！"

吃货

然而也只是见了一面而已，再无联系。 说实话没什么心气。 脑子里想的尽是段锦。 那天他开车偷偷去教工宿舍，正碰到段锦在楼下晾衣。 天那么凉，段锦穿着件宽松的白衬衣，下身裹条咖啡色长裙，脚上是双拖鞋。 难道她不冷？关鹏真想将她冰凉的脚趾焐在自己胸口暖一暖。 他闷头抽了支烟，再抬头时段锦已端着洗衣盆往楼道里走。 他打开车门追了过去，可追了几步就停住，仿佛谁在背后猛力拽扯住他。 他想，看样子她过得很好，晾衣服时嘴唇翕动，无疑是哼着歌谣。 她过得好，说明她早已经不在乎自己，即便如老林黛玉所言，一味死缠烂打，又有什么意思？ 他开始还怀疑段锦与那个一起看芭蕾舞剧的男人重修旧好，可这几天仍收到那条骚扰短信，看来男人也未曾知道他已跟段锦分手。 回头将自己和段锦往来的短信和通话记录全部删除，又将段锦遗留在自己房间的长筒丝袜和化妆品扔进垃圾箱。 暗自思忖，段锦会不会也将那枚金十字架扔了？ 站了片刻，恍惚着将丝袜和化妆品弯腰捡出，扔进盛钢铁侠的箱子。 想到那天晚上段锦站在凳子上搬箱子，又疼了下。 再看看那些神色形态各异的钢铁侠，已经很久没留意过它们了。 虽短短几个月，却仿若星辰移转，已多少年头。

那天局里开大会，让全体干警参加。 开完会已是下午，没回所里，在街上转了转。 想起来手机摔坏了，就跑到电子城。 电子城门口长年累月躺着个乞丐，刚将车停好，便看到有个姑娘正往罐子里扔钱，转身离开时可能绊到了石头，一个趔趄跌在路边。 关鹏大踏步走过去，忙将她搀扶起来。姑娘刚说了声谢谢，倏尔又道："关鹏？"

关鹏定睛一看，面熟得很，一时又有些恍惚。 那姑娘又说道："我们喝过下午茶啊。"

关鹏说："你是米露？"

米露笑了笑。 关鹏说："好久未见啊。"

米露又是笑了笑。

说实话关鹏有些愧疚。 自己当时对段锦耿耿于怀，米露虽留了手机号码，却从来没联络，委实失礼。 就说："有空没，一起喝杯咖啡？ 相请不如偶遇啊。"

米露垂头，然后点点头。 这样在初冬的下午，这两个相过亲的人重新面对面地坐到桌子的这头和那头。 这座城，一到了冬天，就像是美人患病掉光了头发，萧瑟愁苦。 咖啡馆里也没几个顾客。 他们靠窗坐了，各自点了杯拿铁。 音乐放的是李志的歌，先是《春末的南方城市》，后是《和你在一起》，再是《你离开了南京，从此没有人和我说话》，恰恰都是他喜欢的，越听越喑哑。 米露也不说话。 一杯拿铁喝完，关鹏看了眼米露。 米露穿了件米黄色高领衫，梳的马尾辫，整个人缩在灯光照不到的暗处。 即便如此，她的额头仍然光洁如蛋清。 她一直盯着那块素色的桌布，不时伸手摸摸上面凸起的花朵，似乎花朵时不时变成火焰，手指被火烫着般缩到唇边，轻轻吹上一吹。

是她孩童般的动作打动了他，还是民谣忧伤的旋律打动了他，关鹏已经说不清楚了。 他素来最厌恶伤感主义，他喜欢的是干练实用的经验主义。 可那天下午，那个与米露面对面喝咖啡的下午，他突然滔滔不绝地讲起话来。 他讲到小时候父亲当兵，每次回家都会给他买果丹皮；他讲到喜欢圣斗士星矢玩具，曾经偷过伙伴的阿布罗狄；他讲到初中时曾经跟顾长风反目成仇，因为顾长风找了个名声不好的女孩；他讲到高中时被母亲强行拆散的女朋友，她有两颗尖尖的吸血鬼般的虎牙；他讲到大学时军训，被教官罚了三个小时的军姿，他咬着牙愣没倒下；他谈到工作后总被一个老同志为难，后来闹清楚是有次吃饭，他从桌上拿走了那盒唯一的中华烟；他谈到到了官营派出所后，同志们都对他事事提防，似乎他是个携带病菌的感染者……

在他说话的时候，米露也是低着头的，间或抬起头，迅速瞥他一眼，然后静静转动着手里的咖啡杯。 她乖巧恬静的样子似乎更加激发了他说话的欲望。 当他偶尔看到窗外暮色已起灯火通明时，这才问了句："不如，我们一起吃晚餐吧？"

米露说："出来这么久了。"关鹏说："是啊。 没想到碰上我这个话痨吧？ 你喜欢吃海鲜吗？ 我们去海边吧。"

米露站起来，靠着窗台看着关鹏。 关鹏极少看到如此宁静的瞳孔。

他们先开车到海边走了走。 海边散步是正餐最好的开胃酒。 风很大，两个人沿着海岸线走。 海岸线那么长，黑暗一步一步被抛在身后，松软潮湿的沙粒不时灌进鞋子。 米露只穿了件毛衣，关鹏将自己的警服披到她身上。 她没有拒绝，紧了紧领子。 耳畔唯有波涛的呻吟。 他们谁也没吭声。 有那么片刻，关鹏觉得是在跟自己的那件警服散步，风吹得满面细沙，他时不时回头张望米露一眼。 远处灯塔的光芒隐隐地晕在米露脸上，让她的目光笼了层动人的羞涩。 关鹏又想到和王美琳的那个初夏夜晚，他们也如此漫步，只不过王美琳是只喧闹的鸟罢了。 而段锦从来没有跟他来过海边，他为何从来没有约段锦来过海边呢？ 他皱了皱眉，回头疑惑地看米露。 米露说："有点儿冷。"

关鹏本来点了红酒，米露说："知法犯法。"红酒就没启。 待开车送米露到家，已月上柳梢。 关鹏问："你平时忙不忙？"米露摇摇头。 关鹏说："我们以后没事了，就出去溜达溜达吧，闲着也是闲着。"米露点点头。 关鹏问："你妈知道你跟我出来吗？"米露笑了。 关鹏搔搔头说："这个礼拜六你要有空，我们到'盛世'吃极品海鲜煲吧，韩国的料理师呢。"米露说："好。"

果真去吃了海鲜煲。 米露不怎么说话，吃起东西来倒还尽兴。 这样他们很快就将这座城市的美食吃了个遍。 米露话少，面目极少有表情，只有吃饭了，五官才生动活泼起来，眉眼盯着热气腾腾的食物，嘴唇抿得紧紧的，在食物入口的刹那，她的瞳孔会瞬息肿胀，仿佛久未享受饕餮大餐的美食家终于吃到了传说中的佳肴，而实际上入口的，无非是块铁板豆腐而已。 关鹏想，找个话少、爱吃、能吃的女人当老婆也是个不错的选择。 这次他放弃了经验主义，在他看来，经验主义已经在很大程度上妨碍了恋爱的进程，更多时候，它会将一个人带到理性主义的泥淖——能做什么，或不能做什么，甚或是做到一半发觉不能做什么，其实都是僵化的、一成不变的思维定式。 他没有如往常般去查米露的背景，米露是真实的、动态的、形而下的，她的眼睛一分钟眨十二次，比标准值少三次；她的脖子大概有十一厘米，比标准值长两厘米；她左手的小拇指还比右手的小拇指短十毫米……至于她的父母做什么职业，她谈过多少次恋爱，有无隔代遗传疾病，都是无所谓的、虚无的问题。 只要看着她甜美、庄重地吃东西，看着她少女般单薄的身躯下意识地隐藏到暗影中去，关鹏的荷尔蒙就会骤涨。 那个周末他们在关鹏宿舍做蛤蜊丝瓜牛奶汤，两人正在商量要不要加蚝油，关鹏接到了一个电话。 电话是区公安局打过来的，那个语速缓慢的警察问，是关鹏同志吗？ 有空的话来我们这里一趟。 关鹏很是好奇，不禁问道，你是哪位？ 对方说，我们开会见过的，你在办公室的时候，还来我们这里作过调研。 关鹏问，今天正忙，过两天去行吗？ 对方沉吟片刻说，咱们都是自家人，我也就不说暗话。 段锦是你前女友吧？ 她失踪二十多天了，学校报了警。 前几天在月亮湾发现了具尸体，经过法医鉴定和亲属认定，我们已经确认是她。 你要是不忙，我们想咨询些事情，顺便做下笔录。 手里的蚝油瓶就掉在灶台上，碎了，厨房里满是腥气。 其实只是象征性地做笔录而已，比如何时分的手，分手后有无联络，最近一次见到段锦是在何时何地，有无其他线索和怀疑人，等等。 关鹏只是呆呆地坐在椅子上，别人问什么，他就回答什么。 后来那位同志说，关鹏啊，我看你也挺伤心的，快回去吧，你也别介意，我们这是法定手续，你是明白的。 关鹏站起来，盯着对方说，如果还有什么要问讯的，尽管找我；如果你们找到了凶手，也一定要告诉我。

　　回到宿舍，蛤蜊丝瓜牛奶汤已盛好上桌，米露正在用高压锅炖肉。 见关鹏进来也没说话，只是盛了碗汤摆到他面前。 汤有点凉，白色乳汁上漂着星油花。 米露站在他背后问，热一热吗？ 关鹏忽而转身抱住她。 她那么单薄，宛若十六岁少女。 没事吧？ 米露细声细语地问道，乌贼炖肉马上要出锅了，洗手吃饭吧。 关鹏仍死死地钳箍住她。 后来米露说，累了，就先睡会儿。 关鹏这才跟跟跄跄回了房间，躺在床上动也未动。 不久米露蹑手蹑脚地过来，替他脱了鞋袜，又探手摸了摸他的额头，喃喃道，有点儿热呢，我给你冲杯板蓝根。 关鹏一把拽住她的小手，将她拉到自己胸膛上。 米露说，大白天的……他迷迷瞪瞪扒掉她的外套和裤子，甩到床头，猛地就进入了她。 她嘴里还嚼着粒牡蛎，满嘴的腥凉之气，关鹏也不管不顾。 他小心地起伏着，米露说，我在那本《美食大全》上，又看到一道好菜，叫貉子乌鸡炖当归。 貉子肉味儿土腥，乌鸡正好能解，如果配上定西的当归、章丘的大葱、西宁枸杞和铜陵的紫姜，既滋阴壮阳又安神宜睡……关鹏狠狠嘬住了她的嘴唇。

安眠

段锦的事，区局再也没找过关鹏。 关鹏本来想私底下找几个铁哥们儿问问案情进展如何，可思来想去也就罢了。 有时深夜巡逻，便想起分手的那个夜晚，段锦在明德广场放烟花。 那晚风大，白色烟火很快被夜风吹得四处飘逸。 他还记得她的发梢上，全是烟火碎屑。

这桩案件在本市很是轰动，多家小报都曾经作过专题报道。 毕竟是座小城，一位美貌的大学女教师离奇失踪死亡，倒真是不错的饭后谈资。 他听人家说，宿舍楼的人最后一次见到段锦时，她是穿着睡衣跑下去的，匆匆忙忙上了辆红色出租车，之后就再也没回来。 坊间有传言说是情杀，也有传言说是劫色，无论哪种说法，段锦都被塑造成一个无辜的受害者，这让关鹏多少有些心安。 他曾经查过骚扰短信，十天之前还能收到，那时段锦早就遇害，说明发短信的人不是凶手，也就是说，那个颇为神秘的段锦前男友，应该不是嫌疑人。 在他的意识里，那条傻逼短信就是她前男友发过来的。关鹏还记得他的车牌号，也曾经考虑过是否将号码告诉专案组，或者自己私下里去查查，想了想，此时多一事不如少一事。 如果显得过分关注此案，反倒有可能引火烧身。 自己本来已是虎落平阳，何苦还要招惹别人从身后捅上一刀？

倒是将老林黛玉和老炮兵营长请来，跟米露见了面。 老林黛玉盛装出席，穿了件枣红对襟描金唐装，绾了高高发髻，还打了腮红，看上去倒比米露还艳光四射。 老炮兵营长穿了身青色中山装，在关鹏印象里，只在表哥婚礼时穿过一次。 无疑他们对米露甚是满意，当场送了米露一枚白金戒指，说是老家风俗，算是头次见面的薄礼。 关鹏焉能不明白他们的心思？ 无非又是把满腔热情押宝般全押在了米露身上。 米露也未推辞，大大方方接过去，道了声谢，就直接戴在了无名指上。 老林黛玉就笑得更为灿然，眼角的皱纹几乎都要从脸上挤下。 老炮兵营长也很是开怀，自斟自饮了两盅白酒，临休息时还郑重地拍了拍关鹏肩膀说："你这孩子眼光不错。 真是虎父无犬子，强将手下无弱兵。"

　　仍是带着米露四处吃吃喝喝。　有时也陪米露去瑜伽馆。所谓瑜伽馆，只是租了某处学校的几间废弃仓库，学员全是半老徐娘。　有回关鹏先去执行任务，再去接米露。　他从窗户外偷着瞅了几眼。　米露穿着芭蕾舞演员才穿的练功服做示范动作。　她双手撑住地板，两条纤弱的腿盘在胳膊上，仿若观音坐莲。　关鹏想，这个喜欢吃也喜欢瑜伽的姑娘，兴许就是那个他等了这些年的人。　此时便又念起段锦，念起她的种种，鼻子难免发酸，只得逼迫自己将目光死死盯在米露身上。

　　然而还是忍不住想段锦的事。　那天他在内部网上，怎么就莫名其妙搜索起段锦的个人信息。　这个系统是个巨大的搜索引擎，全国联网，只需输入个人身份证号，此人所有信息就会一览无遗：比如何年何月何日刷过信用卡，何年何月何日住过酒店，何年何月何日购过房屋。　关于段锦的信息极少，除了在商场购买过家电，几乎没有别的信息。　他托着腮帮，百无聊赖又随手输入一个身份证号，等他意识到那是米露时，不禁摇头笑了笑。　不过还是顺手点了下鼠标。　他本来正在喝茶，当网页上一条条记录滚动起来时，他不得不放下了手中的杯子。

　　米露竟然在两年里住过三十六次酒店。　她为何如此频繁出入酒店？　只是街道办事处的普通职员而已，平时又极少外出参会。　酒店基本上是同一家酒店，钟点房。　关鹏百思不得其解，蓦然想起头次相亲的情景，当她母亲听说他只是个收入不高的普通警员时，眼里满是冷淡之色，也没有留联系号码，只是当见到自己开的那辆轿车时，才将电话号码发过来……内心又是狐疑又是郁闷，便给米露打电话问个究竟。米露说："有事吗？"她的声音轻柔，又仿佛能渗出蜜糖。关鹏心就软了，说："晚上有空没？ 我们去酒吧。"米露说："好。"

那晚在酒吧，关鹏遇到了大鸟，大鸟对他一通埋怨，问他为何好久不来耍。 关鹏说，我们这些苦逼警察，天天为人民服务，哪里像你们这帮闲人，活着就是吃喝玩乐，纸醉金迷。 大鸟说，眼瞅着年根儿了，你们也不歇歇吗？ 关鹏说，到了年根儿，贼忙，我们更忙。 睃巡一番不见胡烈，就问，胡烈呢？ 大鸟惊讶地说道，你真不晓得？ 胡烈把公司的高管职位辞掉，在婺源买了处民居，带女朋友隐居了。 听说在那里开了家客栈，又是种田又是养花的。 关鹏有些讶异，艳羡道，"黑寡妇"也辞职了？ 大鸟说，什么"黑寡妇""白寡妇"，快把这杯"大都会"喝了！

酒是喝了不少，想问米露的问题却始终没问。 米露酒量好，不过也不乱喝。 后来跟大鸟他们玩起掷骰子。 关鹏迷迷糊糊地看着米露想，她开过三十六次房又如何？ 即便她真的曾跟男人胡搞，也只是过去的事。 她如今对我好，我也对她好，就够了。 这狗屁日子，能有个暖被窝的人就不错了。眼眶有些潮，凑到大鸟他们那边，见他们玩得正嗨，也不便打扰，便走到吧台前又买了杯朗姆酒。 一口还未咽下，手机便响起来，一看是顾长风。不待他说话便骂道："你个臭小子，哪里鬼混去了？多少天了，也不汇报你的思想动态。"

那边沉默半晌，才说："关鹏，我在东区派出所。你快过来趟。"

关鹏说："咋啦？找小姐被抓了？"顾长风支支吾吾说："差不多吧……"也没跟米露打招呼就呼哧带喘去了东区派出所。到了之后才明白"差不多吧"是什么意思。年前省里来了命令，又是一轮新的"扫黄打非"，顾长风跟某女人在警察查宾馆时被抓。开始顾长风狡辩说对方是他老婆，可是竟连他老婆的名字都不知道。如此这般，如此这般。又不想让派出所通知单位，只得找关鹏来缴罚款。

出来后关鹏使劲踢了他一脚："你妈的！老也管不好自己那个东西！"顾长风不言语。关鹏又踢了他两脚，不承想顾长风蹲路边抽泣起来。关鹏笑也不是，恼也不是，只得递给他支烟："不是我瞧不起你，找一夜情还找个四十九岁的，你他妈什么品位？"

顾长风站起来，猛地搂住关鹏放声大哭。哭得关鹏眼角发酸，忍不住摸了摸他脸庞说："你呀，还不知道吗，无论你变成什么鸟样，我都是你死党。我们从九岁就是死党了。"

顾长风更是哭得歇斯底里。关鹏说："想开点儿，有什么呀。活着，就是让别人笑笑，顺便笑笑别人。"

顾长风抽噎着说："我跟你说实话，你可别生气。"关鹏说："我要总生你的气，早他妈被气死了。"顾长风说，他跟那女人根本不是普通约炮，女人是要付他钱的。 他做这行也三个多月了，不然哪里有钱请他们大吃大喝？ 关鹏听傻了，瞪眼盯他，良久才反应过来，结结巴巴地说："你、你、你……"

顾长风说："她们要么是有钱人，要么是有钱人老婆。到了这岁数，除了吸毒和找我这号人，活着也没什么意思了吧。"

关鹏问道："你没接过男客吧？"

顾长风说："没有。"

关鹏转身就走。 顾长风一把扭住他说："还有件事我没告诉你，我脑子里长瘤了。"

关鹏骂道："你脑子里没长瘤会做这样的蠢事吗？"顾长风说："真的，秋天查出来的。 我从你那里搬走，就是不想让你知道，怕你担心。 瘤子已经核桃那么大，一直在吃药。医生说，最晚年底做手术，不然压迫神经，就会变成傻子。破裂的话……"

关鹏瞅他半天，才问道："为啥不早跟我说？"

顾长风嗫嚅道："从小就是我照顾你……不想快而立之年了，反倒让你操心。"

关鹏将车门打开，说："先上车。 明天带你到协和医院检查检查。"

顾长风说："再说吧。"

关鹏说："你是想让我替你收尸吗？ 甭想得太美！"

顾长风将脸转向窗外。 关鹏说："米露催了，我们去酒吧接她吧。"顾长风没吭声，一直盯着窗外。 关鹏瞅了瞅倒车镜，却是下雪了。 今年冬天来得早，雪却从没飘过一场。雪花很小，缓缓落在车上，落在路上，落在深夜里安眠的房屋上。 关鹏将暖风打开，瞥了眼顾长风。 顾长风似乎睡着了，也只有没心没肺的男人入睡才这般快。 他叹息了声，打开雨刷器，将细雪刮掉。

路过海滨浴场时，他接到了老主任的电话。 老主任的声音有些游移，他说，你在哪儿？ 讲话方便不？ 关鹏说，方便。 老主任停顿了片刻说，有件事我不知道当不当说。 关鹏道，跟我还有什么藏着掖着的？ 放心，过年了我肯定给你买条猪背腿。 主任没笑，又是沉默。 关鹏就觉得有些不对劲。 老主任说，我有个哥们儿在重案组，正好负责段锦的案子。 关鹏的心抽搐了下，问道，抓到凶手了？ 老主任说，你别急，现在只是有了些线索。 关鹏将耳朵紧紧贴在手机上。 主任说，你知道有种行业叫代孕不？ 关鹏说，知道，前年不是还抓了几个非法代孕的吗？ 老主任咳嗽了两声说，段锦以前……也干过这行，替某个公司高管生过一个男孩，人家给了她一百二十万。 你知道，有钱人就喜欢这种高学历的……

老主任还在唠叨什么，关鹏已经听不清楚。 他挂掉手机，怔怔地看着方向盘。 雪虐风饕，白茫茫遮了公路，遮了别墅，遮了海与天，也遮了这漫漫长夜。 他摇下车窗，海风疾卷，迫着雪花刮进脖颈，他不禁打了个寒噤，去瞅顾长风。 顾长风打着细碎的鼾声。 他打开双闪下了车，站在公路上。 公路旁就是大海。 夜里的海什么都看不到，即便雪花在夜里，也是黑色的。 他掏出手机，看了眼早晨收到的那条短信，"你会后悔的，关"，随手关了机。

　　后来，他点了支香烟，不声不响地抽起来。

一

　　买卖是夫妻俩的买卖，没有闲着的腿，没有白吃饭的嘴。 婚后不久，老婆就说，哎，别去城里干泥瓦匠了，我一个人在家睡不踏实。 世上还有什么比睡个安稳觉更紧要的事？ 没有。 况且，这话从一个新婚燕尔的新娘嘴里出来，便带了些别样的意味。 梁夏点点头，说，我听你的。 春艳，这个家你做主！ 王春艳爽朗地笑了。 王春艳笑时很有些男子气。 她本生得五大三粗，镰眉豹眼，嘴唇厚得赛猪肚，这一笑，娇憨中透些不自然的妩媚，让梁夏心里暖暖的。 关于改弦易辙的事，梁夏并没有表态。 在梁夏看来，男人的事女人若掺和进来，岂不是草鸡替公鸡打鸣、黄莺替杜鹃孵卵？

　　说良心话，当初梁夏跟王春艳相对象，还真没打心眼里瞅上她。 那时梁夏在桃源县城当泥瓦匠，二十嘟当岁，每天挣三十块钱。 小伙人儿是人儿个儿是个儿，颇讨姑娘稀罕。 媒婆也曾给他介绍过几个，梁夏不是嫌人家长得糙，就是嫌人家全是茶壶把没有茶壶嘴。 要么就是人家挑他，怨他闷嘴葫芦不吭声，嫌他家清汤寡水没油水，怕他爹年轻时偷鸡摸狗老了也要扒墙灰。这一错两错，梁夏岁数难免就大些。像他那般大小的同学亲戚，孩子都会打酱油、会躲猫猫、会做俯卧撑了，他心里才踏实有点慌。那年秋天，又有人给他介绍了个邻村女子，叫他回家相看相看。他换了干净衣裳骑着自行车回来，推开门便是一愣。刚收了秋玉米，母亲正跟姑娘在庭院里盘腿剥皮。姑娘背对他，他只能看到她后脑勺梳着条黝黑蓬松的大辫子。这辫子左右一甩，白玉米皮子就飞出来一个，空气中弥漫的腥甜气似乎就更浓烈，一丝两缕的玉米穗子间或弹出，沾上梁夏的白衬衣领子。梁夏恍惚着将穗子摘下，放到鼻下，手指慌慌地捻了捻，心就跳得快些。原来这姑娘来得早，见梁夏母亲正忙农活，二话没说就帮起忙来。看来姑娘是个实惠人。梁夏抽眼觑她，姑娘也不躲，径自朝他咧嘴一笑，露出口比玉米粒还瓷实的白牙，将手在裤子上掸了掸，旋即伸出，朗声说道：

"梁夏你好，我是王春艳。"

正是猫冬季节，庄稼院没什么正经事，两人就终日在热炕上厮混。那日下雪，两人顾不上朗朗白日就滚作一团。事毕，梁夏脊梁上皆是汗水。王春艳顺手拽了枕巾替他擦拭，将他的头枕上自己的乳房，摸着他耳垂说，我想跟你商量个事。梁夏坏笑着说，还有啥事？是不是还想要一次？佯装翻身搂她。王春艳说，哎，这事我都说絮烦了，可我还得说。等开春了，你别去城里做泥瓦匠了。钱是挣得不少，可日头底下晒脚手架上站，危险着呢。 梁夏不吭声。
王春艳继续说，你放心，我不会让你吃闲饭。 婚前我在县城
卖过童装，有经验，也攒了俩小钱。 开春后我们去市里头进
货，桃源县大大小小三十六个集口，我们还怕赚不来钱？ 总
比你那土里刨食强吧？ 梁夏还是不吭声，只从身后紧紧抱了
她温软的腰身，下身狠加了把气力。

　　就这么着，这一行做了下来，一做就做了四五年。

　　王春艳能吃苦，进货时摸黑起来，脸不洗袜不穿，嘴里
嚼着凉馒头，提着亚麻袋小跑着去搭村头的公共汽车。 梁夏
那时睡得香，只晓得身边的那块暖肉没了，满被窝透凉风，
心有点慌，睁开眼晃晃房梁又沉沉睡去。 汽车票来回二十
块，坐了几趟，王春艳不知怎么就跟售票员攀上了八竿子打
不着的亲戚，姐呀长姐呀短的，还用破棉花套子给售票员缝
了个椅垫，说是怕售票员坐冷板凳时间长了得痔疮。 又过些
时日，给售票员攒了一罐乌鸡蛋，让售票员给孩子煮着吃，
说是对孩子的骨髓发育很有好处。 自那以后，售票员来回便
只收她十七块。 进货的地儿呢，叫作"小山"，她以前跑过
这行，手头有几个老货源，熟头熟脑，进价上又讨些便宜。
等天黑了，村人便会看到王春艳呼哧带喘地跳下公共汽车，
大包小包连拽带抻地鼓捣进家里。 赶上了四乡八里的集，鸡
叫头遍就悚身而起，烧灶滚粥，嘴上还粘着米粒就命梁夏开
着手扶拖拉机，顶着北斗星出发。 比起梁夏做泥瓦匠的日
子，更是忙得四脚朝天。 不过梁夏倒也满心欢喜，尤其是春

天，麦子抽节了，杨树拱穗了，蒲公英开花了，秃萝卜顶能蘸酱吃了，不时有莫名的野香在拖拉机里飘。 半路上梁夏会将拖拉机熄火，顾不得王春艳催促埋怨，跳将下去采些野姜花扔进车篷，便有细腰金翅的马蜂一路疯赶，吓得王春艳"哎呀哎呀"地直搯他大腿。 这王春艳长得粗笨，嘴上却涂抹了蜂蜜，见人说人话，见鬼说鬼话，见了王母娘娘就说天上的话，一条裤子别人能赚十块，她则能赚十五。 钱攥在手里的感觉咋那么好呢？ 两口子坐炕头上，十块八毛地数；夜里，两口子就在被窝里搂了钞票睡。 有了钱王春艳也不显摆，过年时给梁夏买了套西服，给公公买了个雕花烟斗。 过不几天，让梁夏开了拖拉机，从县城拉了台 VCD 和一套音响。 那时候全村只有书记李富贵家有台万利达 VCD。 于是村里人便知晓，梁夏两口子这是挣了点钱，这看似五大三粗的王春艳，还真是个"女光棍"。

"女光棍"在周庄、夏庄一带，专指那些像男人的女人。四乡八里的女光棍不多，但好歹总要出几个，不过她们的营生哪里能跟王春艳比呢？ 譬如夏庄的周素英，最好跟庄里的老爷们儿赌钱闹鬼，嘴叼香烟口吐脏话，动不动摸老爷们儿裤裆；譬如马庄的刘美兰，终日穿着灰西服，脚上踏着男式军鞋，专事婚丧嫁娶事宜，浑身油腻，嘴上还长着两撇毛茸茸的小胡子。

如此看来，梁夏还真是娶对了媳妇，媳妇帮他赚钱，还把他打扮得一点不像个庄稼人。 刚流行皮袄，一千二一件，王春艳想也没想就从城里给他买了，貂皮毛领将他的桃花眼衬得水汽昭昭。 梁夏笑着问王春艳："你是不是把我当儿子养了？ 嗯？"这"嗯"用鼻音甩出来，懒散地往上轻挑，不经意就有了挑逗的意味。 王春艳抿嘴笑，笑着笑着嘴角耷拉下来，抬手摸摸男人粗壮的喉结半晌没吭声。 也是，两人结婚几年，王春艳还没"开怀"。 照两人劲头，孩子本应母猪下崽似的扒拉不开。 两口子没少跑医院，可东检查西检查，谁也没毛病。 两人就抓空日耕夜作，可地虽不是盐碱地，却愣是打不到粮。 梁夏知道这事让老婆心里疙里疙瘩，忙闭了嘴，将老婆手掌抻过来，拿了指甲剪，把女人的指甲修剪干净。

二

　　夫妻俩的买卖是做得越来越大发，拖拉机换成三马子车，三马子车换成松花江。 集也赶得密，以前专拣四乡八里的小集，后来专赶八镇九寨的大集，县城、乐营、马城，再后来，连邻县的集市也一个不落。 王春艳越来越胖，喝口凉水都长肉；梁夏越来越白，站货架子后面倒像游手好闲的风骚少年。 一日，王春艳吃着吃着饭直喊累，嘴里都淡出鸟来。 梁夏就说，我去给你买几根火腿肠吧。 等回来一看，王春艳偎着炕沿睡着了。 她的方脸在灯下黝黑暗涩，仿佛满屋的暗影都揉进她皮骨。 梁夏鼻子发酸，攥着火腿肠默然发愣。 翌日便跟老婆商量是不是寻个帮手，忙时打下手，帮着进进货看看摊收收钱，免得她心力疲乏，整日里像抢食的秃鹫似的。

王春艳就笑着说："咱们家还没熬到地主的份儿哪，找扛活的干啥？"

梁夏说："你就嘴硬吧，你看看你那眼睛，天天睁不开，比席篾还细。"

王春艳沉吟着说："你算算账吧，雇人的话怎么也要每个月四五百块钱，一年下来就是五六千块。 你说这五六千块钱，干点啥不好？ 龙肝凤胆也能吃上好几顿。"

梁夏就缓缓道："咋啦，你不心疼你自己，还不许我心疼你？"

王春艳愣了愣，上前环了梁夏的脖颈，颌骨轻轻蹭着他的肩胛骨，眼睛就潮了。

找帮工说起来易，真正找起来却不是想象中那么简单。村里十七八的姑娘大都早早辍了学，去镇里的棉线厂当纺纱女工；新媳妇呢，要么挺着大肚子纳鞋底，要么躺炕上奶孩子；三四十岁的女人家，男人都在外打工，整日忙着喂猪喂牛，连放屁的空都没有。 如此一拖两拖，这事就搁下，两口子每日仍忙得昏天黑地，夜里连梦都舍不得做一个。

那天梁夏正抽空拾掇院子，准备栽些青菜，便听到有女人叽咕着说话。 原来是王春艳领着个女人从正门进来。 两人看似很熟络。 也许本来生疏，可再生疏的人到了王春艳跟前，都会变得话比老鸹都多。 梁夏就叉了腰看那人，要比王春艳长上六七岁，脸上点着几颗雀斑。 梁夏弯了腰继续搒地。 王春艳就嚷嚷道："梁夏！ 还傻愣着啥，快过来见见嫂子！"

女人是王春艳他们村的，算王春艳叔伯嫂子。 男人在深圳的玩具厂当工头，年初刚把初中毕业的儿子带过去，三嫂就闲下，况且每月都有汇款，吃穿不愁，干脆将十亩水田租给隔壁，秋后收些钱粮。"三嫂子不给谁面子，也得给我面子啊！"王春艳搂着三嫂的脖颈说，"是不是啊嫂子？"三嫂摸着她的手背微微笑了笑，也没说什么，拿眉眼扫了扫梁夏。梁夏朝她点点头。 女人在半个多时辰里很少说话，只用"哦""嗯"这样的语气词来应王春艳。 譬如王春艳问："嫂子，我哥半年没回来了吧？"女人漫不经心地"嗯"了声。譬如王春艳问："嫂子，你想我哥不？"女人照旧漫不经心地"嗯"了声。 她的声音仿若冬天地里的一星野火，风不吹来兀自灭着，偶有风拂，方才暗夜里流出一两点光亮。

这样，三嫂就正式来帮忙了。 晨起骑着辆木兰摩托过来，再跟梁夏两口子一块赶圈集。 梁夏本以为这女人不缺钱，看上去是个尊贵人，哪里愿意干这等粗活？ 不过王春艳倒没走眼，女人帮着装货卸货，在集市上抢着摆摊位、挂衣裳、收银钱，一丝也不敢怠慢。 人跟王春艳讲价钱时，她一般不插嘴，可一旦插嘴却极管用。 有个女人买裙子，偏偏为了十块钱磨叽半天，王春艳磨破了嘴皮，女人死活不肯松口。 三嫂便说:"大妹子,你手上的戒指是白金的吗?"女人说:"不是白金的难道是铝的? 我男人从上海买的。""上海"两个字咬得极重,眉眼也亮起来。 三嫂笑着说:"妹子你看看你的穿戴,一看就是个有福的人。 白金戒指黄金项链,手上戴的玉镯怕也是和田玉吧?"女人说:"哎,有啥福气,瞎凑合呗,就是孩子爸在外地揽个小工程啥的。"三嫂说:"这是命啊。 你命好,家里舒舒服服待着。 你看他们两口子,命就不好,赚的都是辛苦钱,比不上大妹子你一个手指头,何苦为了这十块钱跟他们费那么多吐沫星子?"女人盯看了三嫂一眼,就把十块钱递将过来。 梁夏在一旁听了,不禁多看了三嫂一眼。

赶集的人三教九流,难免有手长脚长不听使唤的。 赶丁零河集就丢了两套秋衣秋裤。 王春艳很懊恼,这集不是白赶了? 三嫂低眉耷眼,仿佛这事全归罪于她。 没料到下集又碰到一个。 是个戴毡帽的老太太,挤人群中很是扎眼。 梁夏正站板凳上挂衣裳,一扭头就看到她伸手抻了件棉背心左盯右看,后来哆哆嗦嗦退出人群,东张西望一番转身就走。梁夏刚想扯着嗓子喊,可见她佝偻着身、迈着老寒腿仓皇逃跑的样儿,心就软了,这话就硬生生噎回去。 去瞅王春艳,王春艳正忙着给姑娘家挑羽绒服;去瞅三嫂,嫂子正低头数钱。 散了集,两口子回家算账,梁夏想把这事说给王春艳,可东琢磨西琢磨,横竖是自己理亏,干脆闭嘴算了。 让他略感意外的是,账结完后却一分钱不少,而那件棉夹克的售价是三十六块。 呆呆盯着王春艳问："算得对不？"王春艳蘸着唾沫又数一遍，扯着铁嗓子说："一分钱不多，一分钱不少。 咋啦？"梁夏说："没啥。"王春艳望他一眼："你还别说，三嫂还真挺能干，咱们这帮工的钱可没白花。"梁夏说："我瞅着她也挺利索的，卖衣服说的话比媒婆还好听，就是私下里话比金子还贵。"王春艳说："呦，话再金贵也比你强吧？ 人家以前可是小学里的代课老师呢。"梁夏嘿嘿一笑说："小学老师怎么了？ 我以前还是工程师呢。"

乐营集那天，两口子醒得迟些。 六点刚过就听到嘭嘭的敲门声，知是三嫂来了，王春艳慌忙套了衣裤趿拉着鞋去开门，梁夏不紧不慢套着毛衫，望着窗外的那丛野樱桃。 也不知道是哪年的树了，横竖那么长出来，一年比一年繁茂，一扑棱一扑棱地要挡了窗棂，花开得极为琐碎，一簇一簇，白白脆脆，仿佛老人们怯怯的眼。 梁夏裤子也没穿，忍不住往外细细打量。 待听到门轴"吱扭"声，道是王春艳进了屋，便说："靠，这樱桃开疯了。"说完扭身看王春艳。 这一看倒真让梁夏委实愣住，一时竟然不知如何是好，过了七八秒方才将棉被硬生生抻过死死捂住下身。 梁夏睡觉有个毛病，无论冬夏向来不着一丝，尤是晨起，这下面一杆旗飘得格外高扬。

进屋的不是王春艳，却是三嫂。 王春艳去了茅厕，招呼着三嫂屋里来坐，三嫂想也没想就挑门帘进来，竟也一时呆住，倒把梁夏上上下下看了个通透。 梁夏忙套上裤子着了鞋袜，将被褥拾掇好，推了窗户下了土炕。 洗脸时心仍是"咚咚"乱跳，嗓子又干又痒，从小到大还没出过这等洋相。 待听到过头屋传来春艳和三嫂嘀嘀咕咕的话声，心里方安稳些，佯装无事般出了屋，将包裹扛上"松花江"，坐车里喝了口矿泉水。 乡间四月已一派喧哗，农人铲草，草驴嘶吼，公鸡打鸣，野猫叫春，花瓣上的露珠从这一瓣滚到那一瓣，大黄蜂从这一朵飞到那一朵。 梁夏禁不住闭了眼做几个深呼吸，从倒车镜偷偷瞄了三嫂。 三嫂正和王春艳说昨晚镇上的新鲜事。 无非是哪个村的张三爬了李四家的墙头，苟且行事间被李四堵在炕头，镰刀铁锨都用上了，人脑袋打出了狗脑袋。 梁夏稳稳地开着车，闹不清自己有啥好上火的。 这么想着，浑身松懈下来，边开车边点着一支香烟，喷云吐雾间太阳就喷薄而出，瞬息将天下物事都染了暖暖一抹胭脂。

三

月底结算工资时，王春艳思忖半晌，往三嫂裤兜里多捅了五十块钱。 三嫂没推辞，只朝两口子笑了笑。 梁夏这才发觉，三嫂笑起来很受看。 眉极轻目极细，眉目间略敞，眼皮不是乳黄，而是笼了层炊烟。 还有嘴，肉肉的，不是通常这个年岁女人的李子红，而是樱桃红。 梁夏听她跟王春艳说，想请一个礼拜的假去趟深圳，倒不是惦记男人，而是想儿子。 王春艳笑着说，想男人就是想男人了，干啥拿孩子来做幌子？ 三嫂也不辩白，拂了拂王春艳的头发。

三嫂不在的几天，两口子才发觉略微有些不习惯。 这段时日，都是三嫂晨起敲门，比闹钟还准。 看两口子扒拉不开，就帮他们填填灶火，搅搅稀饭。 三嫂手巧，听人说没开怀的女人，若是系了七彩丝绦缠就的腰带，孩子会早早坐胎，就熬了几个晚上给王春艳织了条彩色裤带，亲手帮王春艳系上。 说实话倒不像雇来的人，反倒是一个娘胎的亲姐。那天晚上，王春艳对梁夏说："三嫂怎么还不回来？ 都去五六天了。 连个电话也不舍得打。 唉。"梁夏闷声闷气地说："咋啦，还想她了？"王春艳说："嗯，倒真是有些想呢。 这么惹人疼的女人，哪里有不喜欢的理儿？ 你想吗？难道你不想？"梁夏就说："别胡说八道了。 快睡吧。"王春艳就嬉笑着说："我知道你也想。 你肯定比我还想。"梁夏"喊"了声翻身过去不再搭理她。

三嫂也是个不经念叨的人。 第八天，他们就把三嫂盼回来了。 三嫂回来，给梁夏和王春艳都带了礼物。 送给王春艳的是尊送子观音，说是男人带着去千佛山，她烧高香求来的，还专门花钱请高僧开了佛光。 王春艳稀罕得不得了，将观音紧紧搂怀里。 拿眼去瞄送梁夏的礼物，却是几件南方刚流行的衣物，就笑着对梁夏说："三嫂真懂你的心思呢，知道你是个骚瓜蛋子，好穿。"梁夏没说话，接了衣物随手扔到炕上。 王春艳就缠磨着三嫂给她讲去深圳的见闻。 三嫂说深圳也没什么啊，就是森林一样的高楼。 王春艳又问三哥怎么样，三嫂说，也就那个样，两条胳膊两条腿。王春艳又问孩子怎么样，三嫂说，也就那个样，胡子一把抓，比他爸还老。王春艳听出三嫂的兴致不是很高，仿佛去了趟深圳，就跟她回了趟娘家一样随便。

翌日是俸城集。俸城号称"京东第一集"。等货物拾掇完将要出发，王春艳突然扶着门框呕吐起来。梁夏忙去搀扶。她摆摆手说，可能是葱花饼太凉，有些胃寒，喝点热水就好了。梁夏三步并作两步进屋倒水。王春艳喝了仍攒着眉。梁夏就说："这个集我们不赶了，不赶了。待会儿我送你去镇上的卫生院，好好检查检查。"王春艳用拳顶住胸口说："那哪成呢？上次有个人裤子买肥了，这集要来换的。我们要是不去，人家不就白等了？"梁夏急了，说："是一条裤子要紧呢，还是你个大活人要紧？"王春艳就闭了嘴。三嫂就对王春艳说："这样好了，等会儿让你婆婆陪你去看医生，我跟梁夏去赶集。两不耽误，你说呢？"王春艳又吐了一口，轻声细语地说："那敢情好。三嫂，真是麻烦你了。"

梁夏就拉着三嫂去俸城。一路无话，只有麦香的煳味脉脉吹来。梁夏从倒车镜里看见三嫂一直盯着自己后背。他寻思她可能会说点什么，但她终归什么都没说。快到俸城，梁夏还是放心不下王春艳，就给她打了个电话，王春艳也没接。三嫂便说："春艳是不是怀上了？"梁夏喜滋滋地说："哎，谁知道呢。"下午收了摊，梁夏便请三嫂去肉饼店吃

"虎头"肉饼。"虎头"肉饼皮薄肉多，梁夏一口气吃了四块，抬头间见三嫂小口小口地嚼着，便问："咋啦？ 不饿？"三嫂盯看着他，却没有话。 梁夏就笑了。 梁夏笑的时候嘴巴有点歪。 三嫂说："哎，你笑起来，倒真像个孩子。"梁夏又笑了笑，继续埋头吃肉饼。 吃着吃着又去看三嫂，三嫂还是将肉饼夹在筷子上摆弄来摆弄去。 梁夏说："嫂子你要是有什么话，尽管说好了。"三嫂将筷子放了，左肘架在右手上，左手托着腮，缓缓地说："我一直想不明白，上次你明明看到那个女人偷东西了，为啥没吭声呢？"

梁夏嘴里的肉饼就没咽下去。 他看着三嫂，三嫂也看着他。

半晌两个人都不约而同笑出声来。 梁夏这才问："我也一直想不明白，上次明明看到东西被偷了，为啥钱倒是一分没少呢？"

三嫂说："唉，那个老太太，是我的一个远房亲戚，她脑子里缺根弦，时常干点偷鸡摸狗的勾当。 我看你没吱声，就替她把钱给补上了。"

梁夏说："我本来差点就喊出来。 不过看她穿得破破烂烂，心想那件坎肩穿她身上，兴许到了冬天就不冷了。"

王春艳真是怀上了。 怀上了的王春艳照样赶集。 照样赶集的王春艳明显有些力不从心。 在丁零河，她正帮人挑裙子，突然一口就吐在裙面上，吓得女孩惊声尖叫。 王春艳灰头灰脸地向人家赔着不是，梁夏忙把脏物用手纸擦拭干净。

第二次是在独寂城，她一口就把酸水沁在梁夏手上。 梁夏高兴得甩甩手，替她轻轻地捶背。 王春艳小声咳嗽着，眼睛里满是大滴大滴的泪水，嘀咕着我这是怎么了？ 我这是怎么了？ 梁夏笑着说，儿子才一个来月就这么能折腾，是好事。王春艳不知怎的就酥软了，靠梁夏怀里小声抽泣。 三嫂说，以后会闹得越来越凶，我怀孩子那阵，见油腻东西就吐，最后连苦胆都吐出来，要死要活的。 王春艳听了脸就绿了，唉声叹气地说，这可咋好呢？ 梁夏倒很少看王春艳这样发愁。王春艳从来都不是个会发愁的人。 这样看来，生养孩子倒真是件既让人欢喜又让人担忧的事。 连忙去县城找了好医生，开了几剂中药，熬了给老婆喝。 到了两个月头上，王春艳突然见红了。 她那天穿着条裙子，一条红蚯蚓就顺着她大腿根缓缓往下爬。 当时梁夏就傻了，忙招呼三嫂过来看。 三嫂把梁夏叫到一旁，悄悄叮嘱他千万别声张，不要让春艳知晓，这可是流产的迹象，不是什么好兆头。 梁夏连忙开了车拉老婆去县医院。 结果真被三嫂说中。 医生说，还好来得及时，吃些保胎药，姑且再观察一段时日吧。

王春艳就只好待家里，让梁夏和三嫂去赶集。

车厢里少了王春艳，就像车子链条和齿轮之间少了润滑油。 梁夏从倒车镜里看到三嫂盯着自己后背，像石像那般可以盯上半个时辰，梁夏就觉得浑身不自在。 对三嫂说，嫂子你坐到副驾驶上来吧，陪我说说话，真够闷的。 三嫂没吭声，直接从两个座位中间挤了过去，这让梁夏惊奇地笑了起来，他还从来没有见过这样换座位的。 三嫂也笑了，说："幸亏我长得蜻蜓那么瘦，要是春艳那骨架，是无论如何钻不过来的。"梁夏说："是啊，是啊，你说春艳怎么就那么胖？她买了件花衬衣穿上，说自己被绑成粽子了。 我就对她说，那不是粽子叶的问题，而是粽子馅的问题。"三嫂"扑哧"笑出了声。 梁夏说："三嫂子，这些天还真是多亏了你。"三嫂说："有啥谢的，都是家里人。 你们俩呀，挣俩钱也真是不容易。"梁夏就歪了头去看她。 她的脸从侧面看上去犹如剪影，简洁、潦草又有些模糊，尤其是鼻梁，从眉骨间起势就高，到了下眼线处又凸一块而后才滑下去。 就想起一则荤笑话，说鼻梁中间的那块凸起叫"淫骨"，长了淫骨的男人是大牙狗(公狗)，六亲不认，谁都敢上；长了淫骨的女人呢，天煞的"花痴"，稍有姿色的男人，没有不被她弄身上来的。 这么想呢，梁夏忍不住就呵呵笑，笑完又去仔细打量三嫂，越看她那鼻梁骨越像是"淫骨"，反倒不好意思起来，是笑也不敢笑了。

三嫂知道梁夏看她，说："唉，人老了就是皮包骨。 尤其是庄稼老娘儿们，要是过了三十岁，那真是豆腐渣都不如。"梁夏说："可不能这么说。 女人家，到了三十来岁才是秋后的柿子甜得麻嘴，十月里的苞米香得腻人。"三嫂说："你扯吧，嘴巴真是涂了蜜，越来越像春艳。"梁夏说："这你可说错了，我们周庄，就我算是个好老爷们儿。"三嫂说："可不，就你一个好老爷们儿，黑夜睡觉连条裤衩都舍不得穿，早晨起来摇着棒槌迎接客人。"梁夏的脸瞬间红了。他没料到三嫂会拿这件事开玩笑。说实话，他觉得自己跟三嫂还没有熟到开这种玩笑的份儿上，只得干笑两声说："从小习惯了。家里穷，买不起内裤。你是个有知识的人，不晓得习性一旦养成，是到了棺材里也改不掉吗？"说话间梁夏觉得自己的右脸颊被什么轻轻划了一下，以为是苍蝇，想也没想用手去掸，没想到，碰到的是一根手指。

这手指只能是三嫂的。除了是三嫂的，还能是谁的呢？三嫂恍惚着说："你脸上都是汗。"梁夏说："是啊，麦子都熟了，眼看着入伏了，热得人心惶惶的。"

晚上想白天的事，就有点睡不着。这种玩笑在村子里算不了啥，可三嫂这样不吱声不言语伸了手指摸自己的脸，安安静静的，正正经经的，倒从来没有过。想着想着就骂起自己，人家一心一意来帮衬，自己倒想些不着边际的，真是憋坏了。也难怪，王春艳怀孕后就没让梁夏碰过。在王春艳看来，这个节骨眼做夫妻间的事简直是谋杀孩子。梁夏望着屋子里弥漫的黑，突然有些伤感起来。

这集赶得不像以前那么密了，倒不是出于懒惰，而是梁夏觉得，让这么个不远不近的亲戚终日里跟着跑，真有些不落忍。好歹三十多的女人了，天天磨着嘴皮子，还要干些体力活，哪个女人受得了？即便三嫂受不了，像她那么脸皮薄的人，出于情面也不会说出来。就给三嫂打电话说，这三两天不用赶集，姑且在家休两天。三嫂在电话那头半天没吭声，她似乎想说点什么，可是静默半晌，还是一句话没说。反正她这种说话方式梁夏也习惯了，女人家嘛，麻雀的心眼，小着呢。就跟三嫂解释说，这两天要带王春艳去医院做检查，等忙完这事，集还是要跟以前那样赶的。三嫂这才"哦"了声，声音也活泛起来，问道，要不要我陪王春艳一块去啊？很多事你们男人不懂的。梁夏就说，有她娘家妹子一块去，你放心好了。

说实话，王春艳怀孕后就像变了个人。以前是破锣嗓，见人远远打招呼，就是隔上个百米也能听得见；这下是说起话来慢声细语，唯恐打扰了腹内睡得并不安稳的孩子。以前是书不看一本，即便是《故事会》，翻上两页也要打呼噜；这下倒好，专门让梁夏打电话给李明坤，让他从网上帮忙买书。李明坤是个热心肠，不仅买了《如何开发儿童右脑》《如何培养天才儿童》《从尿布到约会——尿布卷》这样的中国读物，还买了诸如《犹太家教圣经》《斯托夫人自然教子书》这样深奥的外国读物。王春艳整天手里捧着书，炕上读厕所里读被窝里读，眼瞅着就要读成近视眼了。以前是看到好看的衣裳就忍不住给梁夏买，现在呢，衣服也不替梁夏洗了，不读书时就给没出世的孩子做红肚兜老虎枕头老虎鞋，光尿布就裁了不下三十块……

没想到刚过去两天，三嫂就来了。她先问候了王春艳体检的结果，然后迫不及待地问啥时候赶集去。王春艳本是要好好跟她聊聊孩子的事，没料到她这么关心自己的买卖，眼眶便潮湿起来,咂摸着嘴说:"三嫂啊……上辈子……肯定是你欠我了,所以这辈子对我……这么好。"三嫂就低了头笑,笑着笑着抬起头说:"你安心保你的胎。坐下这么个孩子,啥容易的事?"王春艳就更受不了,大眼泪扑嗒扑嗒往下掉。三嫂说:"别哭别哭,容易动胎气的!"王春艳忙止了眼泪,有一搭没一搭地说:"呦,嫂子这裙子啥时买的?真好看。"三嫂原来穿了件咖啡色连衣裙,脚上是双高跟凉鞋。村里除了没出嫁的姑娘,倒极少有女人家穿裙子。三嫂就讪讪地问:"好看吗?你三哥……给我从深圳邮回来的。"王春艳拉了她的手,细细摸着她的小骨节,缓缓着说:"好看,好看,你穿啥衣裳都好看。你当过老师,跟我这样没文化的比,到底是两回事呢。这样吧,要是没什么要紧的事,赶明儿你陪梁夏去趟市里,进进货,梁夏这个人心粗,常常丢三落四,他一个人去我还真是不放心。"

四

于是去市里进货。梁夏本想开车,王春艳死活不让,非让他们坐班车,还专门给她那个八竿子打不着的亲戚打了电话,让她票价便宜些。翌日,梁夏跟三嫂肩并肩坐在公共汽车上,发现她身上香香的,就打趣说:"三嫂子,这香水都快把人熏倒了。"三嫂说:"你不喜欢这味道吗?"梁夏说:"哎,啥喜欢不喜欢的,人的鼻子又不是狗鼻子。"三嫂就白了他一眼，屁股挪了一挪，故意将两个人的缝隙拉远些。

　　进完货已垂暮，没想到在高速上堵了车。 京唐高速上，一辆一辆的大货车绵延开去，望也望不到头，动也不动一丝。 梁夏急起来，怕王春艳惦记，偏巧手机又没电了，借三嫂的，三嫂却连带都没带。 眼看着车越来越密，空气越来越浊，天边偏又绽起朵朵大金丝菊，然后是震天动地的雷声从车顶劈过，吓得三嫂一把抓住梁夏。 梁夏躲也不是不躲也不是，只觉她的手心潮潮地要浸出汗来。 刚要将手挣脱开，不承想头顶又是一声闷响，车上的乘客都"哎呀"一声，三嫂的手攥得也越发紧起来。 梁夏心里发虚，忍不住环顾四周，每个人都慌慌的，也没甚熟人，即便如此，梁夏心里还是疙里疙瘩，默然把手从她掌心拽出，放在鼻下动也不敢动。 不久窗外就什么都看不到了，漆黑如墨，雨水顺着玻璃窗河流般恣肆地流。 车里也没有开车灯，嗡嗡嘤嘤的议论声咒骂声此起彼伏，都怕是晚上回不到家。 梁夏闷闷地点了支香烟，没承想刚吧嗒两口就被售票员发现，大声叱喝着让他掐掉。梁夏蔫头蔫脑地掐掉，把手放在膝盖上神经质地敲打。 这时，三嫂的手就又摸上来了。

　　多年后梁夏还会记得那个雷声滚滚、大雨如注的高速公路上的吊诡傍晚。 车灯是慢慢亮起来的，由于电压不足或是旁的缘由，灯光是那种忧伤的暗黄，犹如黑夜里的萤火虫在坟茔里有气无力地晃——光亮慢慢浮起，灯光下黑乎乎的头颅分不出是男人还是女人。 世界在梁夏的耳朵里突然安静下去，他什么都听不到了。 有那么片刻，他甚至怀疑是刚才的雷声把他的耳朵劈聋了，他只得拿另外一只手抠了抠耳窝。后来，他扭过头，狐疑地看了看三嫂。 三嫂正襟危坐，眼睛漫无边际地盯着前方，像是在盯着司机，又好像是盯着外面的卡车，她那么专注，睫毛连眨都不眨，呼吸也没有一声。在暗淡的橘红光下，她的皮肤没有一丝油腻，是黄疸病患者那种洁净的蜡黄，仿佛被药材浸泡过一般。 没人看到她的手死死攥着梁夏的手。 这个表相瘦弱的女人，气力竟如此之大，仿佛她此刻将毕生的力量都倾注出来，或者说她把毕生的气力都孤注一掷，为的仅是将她的手指跟他的手指纠缠一起，为的仅是她的皮肤能与他的皮肤摩擦无隙，为的仅是她的指纹与他的指纹或许能有重叠。 梁夏后来一直想不清，如果当时他果断地把手抽离，会是如何的结果？ 他当时没想过这个问题。 他当时已没有心思去想这个问题。 他记得他就那么干坐着，手被这个女人颤抖着握住。 而窗外，依然是盲人般的黑。

　　几点到的家记不太清了。 他只记得到了村头时雨已经很小。 天已擦黑，却仍能看出杨柳青翠乳燕翻飞。 在村头，他看到了身材臃肿的王春艳。 她挺着个大肚子，一手叉腰，一手打伞，看着他和三嫂从车上把包裹一个一个卸下。 三人蹚着雨水回了家。 炕上早摆了八仙桌，桌上是盆小鸡炖蘑菇，一瓶红星二锅头。 王春艳把热水倒好，命两个人洗脸洗脚，又不停唠叨为什么连个电话也不打。 梁夏嗫嚅地说，手机没电了。 王春艳就说，用三嫂的打呀。 梁夏说，三嫂忘了带手机。 王春艳一愣，说是吗？ 那怎么不用售票员的？她可是我远房表姐呢！ 梁夏不耐烦起来，嚷道，什么狗屁表姐！ 连支烟都不让抽！ 王春艳就笑了说，三嫂子看到没？别看他平时在众人眼里人模狗样，温驯得像猫，说实话这脾气藏性着呢！ 三嫂说，这就不错了，你三哥要是有三言两语跟我不对付，这巴掌早扇过来了。

吃饭时，梁夏倒是一滴酒都没敢喝。 王春艳就张罗着梁夏陪三嫂喝一点。 三嫂说，女人家要是沾了酒，就等于是男人家在炕头上纳鞋底，有些事是不能颠倒的。 梁夏听了也没吭声。 王春艳就跟三嫂拉起胎教的事来。 在王春艳看来，一个曾经的小学语文老师，肯定对胎教有着良好的建议和经验。 三嫂说，我们改天再聊吧，天很晚了，我要回家了……

"回啥家呀。 外面还在下雨！ 今晚住我这儿好了。 跟我睡一个屋，让梁夏去西屋睡！"

三嫂瞟了梁夏一眼。 梁夏不晓得她为何要瞟他，就下了炕去开电视。 电视里正在演《新闻联播》。 梁夏听到三嫂说："这哪成呢？ 我这个人怯炕。 睡别人家的炕要失眠的。"王春艳说："失眠好，我这些天就老睡不着，你正好陪我好好说说话。"

三嫂就这么着住下来。 梁夏把自己的被褥搬到西屋。早早脱衣睡下，却翻来覆去怎么都睡不着。 脑子里全是三嫂……她肯定稀罕自己，可他委实搞不清楚，自己哪里招她稀罕？ 即便她稀罕他又能怎样？ 她是春艳叔伯嫂子，即便不是叔伯嫂子，自己也不会跟别人家的女人乱来。 可在车上为何又让她攥了自己的手？ 为何不当机立断将手挪开，开些玩笑话遮挡过去？ 梁夏越想越烦，越烦越想，身子骨碌过来骨碌过去，对面屋子里却传来两个女人放肆的笑声。

想着想着就迷糊住，半夜醒了次，听到王春艳打呼噜，恍惚又睡去。 后半夜大抵是雨停了，空气薄凉起来，窗外传来昆虫的叫声。 不久，他听到门轴"吱扭"着转动，知是春艳去厕所了。 想想又不对，这段时日她都在屋子里小解的。那么出去的人肯定是三嫂。 又过了会儿，梁夏突然觉得有人在摸自己的脚。 那双手梁夏太熟，他顿时六神无主起来。手很凉，像在公共汽车上时那么凉，手心沁得潮乎乎的，摸在脚踝上很是舒服。 手挪得很慢，犹如老蜗牛在青苔上慢爬。 他下面一下子就硬了，不禁耸了耸身子，同时故意屏住呼吸。 他想让三嫂明白，他已醒来，他知道她在做什么。他想她应该知道他并不喜欢这么做。 然而那双手仍是一直往上游走，赶到后来，梁夏惊讶地感到女人温软的身躯已然偎依进自己怀里。 他听到女人在耳边呢喃："你知道吗？ 每天晚上，我只有想着你才能睡着……我本想去深圳躲一躲，可在深圳一天都待不下去……我管不了我自己了，我真管不了我自己了……"她的声音既细小又微弱，同时有些忐忑的哽咽。 梁夏动也不敢动，直到她的手顺势握住他坚硬火热的下体。 梁夏突然喘息着一把将她推开。 她一愣，发情的母兽一样复又卷过来。 她是个过来人，当然晓得哪里才是男人的七寸。 梁夏只得压着嗓子说道："别价！ 别价！ 松开！ 松开！ 再不松开我就喊春艳了！"

"喊吧，喊吧，王春艳是圣旨。 王春艳是王母娘娘。"女人的乳房顶着他的胸膛，舌头吮吸着他的脖颈，"傻子，王母娘娘是信你的话呢，还是信我的话呢？ 别动。"

梁夏就是这时烦躁起来一把将她揉到炕底下的。 她可能没料到他竟真的推开她，脚落地时没有站安稳，一个趔趄跌坐地上。 而她的手则不合时宜地碰到了一把椅子，椅子倒下时碰到几个空啤酒瓶，空啤酒瓶倒下时又碰到了老鼠夹。 老鼠夹打到空瓶时尖厉清脆的声响在三更半夜里是如此悦耳又如此刺耳。 当梁夏打开灯慌乱着套衣服时，他看到了站在门口的王春艳。

王春艳挺着个大肚子呆呆站在门槛上。 她什么话都没说。 什么话都没说的王春艳就那么站着。 三个人都以各自的姿势呆了足足有一分钟。 后来，梁夏听到了扇耳光的声音。 耳光很响，更响的是劈天盖地的咒骂声。 那个坐在地上的女人似乎半晌才明白过味来。 她僵硬地站起来，看也没看王春艳，只是死死盯着梁夏。 灯火不是那么明亮，虽然王春艳抓着女人的肩膀又是哭又是喊又是摇晃，梁夏还是在女人的眼里，看到了一团迅速燃烧的、愤怒的、几将喷薄出来的火焰。 梁夏不禁打了个寒噤。

五

第二天，刚上任的村支书梁永刚到村民活动中心，便瞥到一个女人立在大门口。 那天梁永去得早，去得早是因为晨起跟老婆吵了架斗了嘴。 老婆不愿意他竞选村支书，他偏要竞选，老婆不愿意挨家挨户送鱼，他偏要送。 老婆以为即便送了鱼他也选不上，结果他偏偏选上了。 老婆以为选就选上了，除了开会点卯年底分红，该不会有什么狗屁闲事，结果他上任没两天就号召全村村民捐款修路。 除了掏钱疼就是割肉疼，哪个不在背后戳着他的脊梁骨说三道四？ 媳妇就急了，急了的媳妇早晨径自喂驴喂猪，就是不喂他。 没人给做饭的梁永就拧着眉头到村民活动中心来了。 当他看到那个女人时，他并没有认出来是谁。 这女人站门口低眉耷眼，右脚不停地蹭着潮湿的地面，眼瞅着就蹭个坑出来。 于是梁永吐了口痰清清嗓子，颇为威严地问道："你是哪儿的啊，嗯？有啥事吗？ 嗯？"

女人这才抬起头。 太阳刚高过炊烟，她的一双瞳孔被镀成了金黄色。

当梁夏接到梁永电话时，正在镇里的卫生院。 昨天晚上三嫂走后，王春艳反倒安生下来，不哭也不闹。 梁夏过去想说点啥，却发现门闩被插上了。 就敲门，敲也是白敲，就说话，说也是白说。 王春艳变成了只冬眠的蟋蟀，什么声音都听不到，什么话都听不进。 后来梁夏就独自在西屋睡了。 或许太累，这一觉倒睡得安生，等睁开眼时却发现王春艳呆呆地坐在身边。 有那么片刻，他完全忘了昨晚的事，笑着去摸王春艳的肚子。 王春艳将他的手挪开，说："快送我去医院。 我又流血了。"她的声音听着又平又干。 她已经完全变成一截木头了。

在车上梁夏不停解释。 他说他跟三嫂根本就没什么。 能有什么？ 她那么大岁数了。 说这话时他自己都觉得可笑，但正因这话可笑，反而从内心隐隐升腾出一种莫名其妙的"虚"，仿佛本来应该他跟三嫂有点啥，这话听起来才更真实、才更有说服力。 王春艳连看都不看他一眼。 到了镇医院下车，梁夏去搀扶她时，才发现她的脸上扑满了大滴大滴的泪珠。 梁夏这才相信，王春艳委实往心里去了，她或许真的认为他把那女人睡了。 这么想时难免有些愤懑，甩开她的手径直进了急诊室。 王春艳双手捧着肚子慢慢地跟上来。 等那个妇科医生建议他们去县城的妇幼医院做子宫缝合手术时，梁夏的手机便响了。 他听到梁永在手机那头大声地喊："梁夏，你他妈快给我回村里！"

当梁夏跟三嫂面对面坐在村民活动中心的凳子上时，两人谁都没看谁。 梁夏听到梁永问："你认识萧翠芝吧？"不待梁夏回答接着说："你肯定认识她，她是你们家帮工的。"

梁夏去看三嫂。 他才知道她的大名原来叫"萧翠芝"，以前只晓得她姓萧。

"萧翠芝说，昨天晚上住在你们家了？"梁永问。

"嗯。 咋啦？""咋啦？"

"你说咋啦？ 你还有脸问我？"梁永的声调突然高八度起来，"我一直以为你小子是正经人，本想过两天让你来村委会帮忙，当个现金保管呢！ 真是走了眼！"

梁夏突然间明白了接下去的对话可能是啥，但他还是不敢相信。 他扫了三嫂一眼，三嫂只梗着个脖子冷冷地望着院子里的几头约克猪，又扫了眼梁永。 梁永的眼睛瞪得圆圆的："你怎么能干这种糊涂事？ 嗯？"梁永站起来拍了拍桌子："老猫房上睡，一辈传一辈，你还真随了你那亲爹！ 兔子还不吃窝边草！ 你对得起你三哥吗？ 嗯？ 你对得起王春艳吗？ 嗯？ 你脑袋被猪啃半拉去了吗？ 嗯？"

梁夏仰起头盯着梁永。 他心跳得厉害，他相信更可怕的言语就要从他叔伯哥的嘴里吐出来。 有那么一会儿他妄图躲过梁永的身子去看三嫂，他简直不能相信那些可怕的话会是从她嘴里说出的。 可梁永肥胖的身躯犹如一口水缸稳稳挡住了他的视线，他只得盯着梁永胸前的一颗纽扣。 那颗纽扣四个针眼，其中的一个破线了，线头挣挣着，一只长着透明双翼的小蚂蚁在上面趴着。

"你说这事咋办吧，"梁永似乎平静下来，他拍了拍梁夏的肩膀，"你把人家给搞了，人家来告你，你说这事咋办吧？"

梁夏突然站起来将梁永扒拉到一旁，两步就迈到了三嫂跟前。 三嫂这时才将目光从窗外拉回来，漫不经心地瞄了他一眼。 他一把就抓住了她瘦削的肩膀，用力地晃了两晃，大声地喊道："你疯了吗？ 你疯了吗？ 你他妈疯了吗？ 我啥时候碰过你？"当他妄图将她整个身躯从板凳上提起时，他感觉到自己的屁股被人猛踢了两脚。 他翕动着嘴唇愣愣地回过头看着梁永。 梁永似乎比他还要愤怒："你个狗操的！ 把人家给搞了还这样嚣张，还有没有点人性？ 嗯？ 还有没有点人性？"

梁夏说："我没搞她！ 我从来就没搞过她！"

梁永说："放屁！ 你没搞过人家，人家一个老娘儿们能厚着脸皮来告你？ 嗯？"

梁夏突然不知道要说什么。 他还能说些什么呢？ 他只能去看三嫂。 三嫂也在看她。 她脸上的表情梁夏一辈子都忘不了，那是因为她脸上根本没有任何表情。 她细细的眉毛，细细的眼睛，细细的鼻梁，除了她的眼圈有点黑，她跟往日里没有区别。 她似乎在仔细倾听他们的对话，又似乎什么都没有听到。

"人家不去公安局告你强奸就是对得起你了！"梁永低沉着嗓子说，"人家也没啥别的要求，就是要你认了这事，要你赔个礼道个歉。"梁永的拇指和食指狠狠地捻了一捻："你还不赶紧掏点这个？ 嗯？"梁夏的脸完全成了绛紫色，他的瞳孔似乎就要冒出火来。 他完全没有留意到梁永的手在他衣兜里搜了一千块钱出来，他也没留意到梁永将这一千块钱屁颠屁颠地塞到了萧翠芝手里。 他的血管、他的肺、他的皮肤瞬间就要爆裂了。

三嫂就在这时慢慢地朝他走过来。 他与她之间的距离很近，她完全三两步就能迈过来，而事实是，她走了足足七八步。 她身上还弥漫着香水的味道。 刺鼻的香味让梁夏突然想起高速公路上的情形。 当她跟他面对面对视，她的嘴角神经质地抽搐了一下。 当她的右手响亮地抽在他光洁的脸颊上时，火辣辣的疼肆无忌惮蔓延至耳根，让梁夏眼里的泪水几乎要摔落下来。 事后他常常责骂自己，当时为何没反手抽她两个耳光，或者一通老拳将她打翻在地。 或许他当时完全傻了。 他眼睁睁地看着这个叫萧翠芝的女人把一千块钱在他眼前晃了晃。 她晃得很慢，仿佛瞬间有片刻走神了，然后一声脆响，纸币被她从中间果断地撕成了两截，有一两张顺势飘到地上，死掉的蝴蝶般荡了几荡。 她的这个动作无疑让梁永和刚刚进门的副书记王金荣都很震惊。 梁夏似乎听到梁永扯着嗓子喊了句："这可是钱哪大妹子！"她那双枯瘦但蕴含着巨大气力的手动得越来越快，越来越快，犹如一个疲惫的农妇轻车熟路地用镰刀收割麦子般，将一沓钱撕得越来越碎越来越小。 及至后来，她甚至没发觉那些纸币已完全从她指间落下，红色花纹的纸币静坠到地上，被晨风拂到梁夏脚上——她的手指还在机械地重复着那个动作，丝毫没有察觉只是在漫不经心地撕扯着空气。 如果梁夏没有记错，她最后缓过神来，朝梁永和刚进门的副书记王金荣郑重地点了点头，似乎是在赞许他做得很好、做得很对，她对这样的结果无疑很是满意。然后，晃着消瘦的肩膀从屋子里一点一点踱出去，慢慢地骑上她那辆木兰摩托车，一拐两拐就消失不见了。

梁夏的嘴唇被自己咬破了。

六

全周庄的人都晓得他把王春艳的叔伯三嫂给睡了。睡就睡了，村里爬墙头的也有，也没见爬出什么不干净的话，偏偏他就被人家给告到村委会。告到村委会也罢，还被人家当面撕了一千块钱；被人家当面撕一千块钱也罢，还被人家扇了一个格外响亮的耳光……看来王金荣不但喜欢赌钱，还是男人的腿女人的嘴，搞宣传很有一套。梁夏一整天都没挪窝，蒙着被子躺了整整一天。中午王春艳将他的被子一把扯开，冷冷地说了声"吃饭"。她煮的面条。如若是往日，面条里总要专门给梁夏放些细肉丝、荷包蛋、枸杞，但那天王春艳什么都没放。梁夏扒拉了两口觉得越发寡淡。他想好好跟王春艳谈谈，但王春艳根本就不给他谈的机会，大白天的也把门闩插上。话又说回来，有什么好谈的？他跟这个叫萧翠芝的女人屁事都没有。他从来就没对她动过什么念想，如果说有念想，也是萧翠芝对他有念想。他越想越气，直把一碗面条摔扣到墙上。

晚上他父亲就来了。 他父亲该是听到了什么风声，不然的话不会来看梁夏。 梁夏对他父亲孝顺是孝顺，但走得并不近，这走不近的缘由便是父亲名声不好，年轻时睡人家女人常被捉到现行，有次甚至被那一家男人差点当场阉掉。 他坐炕上抽着旱烟袋，开始什么都不说。 后来终于说了，倒是些前不着村后不着店的话，什么货卖得如何如何，王春艳的胎气保得如何如何，东扯西拉一番，这才压着嗓子小声着问："儿子啊，你真把人家给睡了？"

梁夏不搭理他，他就又问："你这孩子也是，睡哪家的不好，偏要睡春艳家嫂子。 那么大岁数了，身上连片肥肉都没有，老模咔嚓眼的。"

梁夏仍不搭理他，他就又说："这事没啥可丢人的，儿子，我晓得你脸皮薄，可裤裆里的那点事，只要是长俩卵子的，谁不稀罕谁不好惜呢？ 真没啥丢人的啊。 你可千万要想开点啊，儿子。"

梁夏挨家挨户拜访村里人是几天后的事。 他先去的他三爷家。 他三爷以前是村里的小学校长，见到梁夏时他正躺在一把摇椅里戴着花镜读《人民日报》。 他这辈子最喜欢的报纸就是《人民日报》，以前是在学校里读，现在是自己掏钱订了一份，有事没事喝着茶水读。 在梁夏看来，三爷是全村最明事理、最洞世事的人。 三爷见到他并没有起身，只是朝他点了点头，又指了指旁边的凳子，意思是让梁夏坐下。 三爷喜欢梁夏，三爷喜欢梁夏是因为在三爷眼里，这孩子知书达理，手脚干净没有尾巴。 人这一辈子咋会没尾巴呢？ 官人的尾巴是贪污腐败，商人的尾巴是见利忘义，明星的尾巴是叫卖身体，农民的尾巴是小肚鸡肠……但梁夏这孩子没有，这也是三爷人前人后夸梁夏的缘由。 梁夏就在凳子上坐了，给三爷敬烟，三爷摆摆手；给三爷续茶，三爷摆摆手；给三爷递了把凉扇，三爷摆摆手。 梁夏一肚子话，就全在三爷摆手间没有了。 看来三爷也知晓了他的事，不但知晓了他的事，而且对他的事颇为恼火。 梁夏还能说什么？ 梁夏什么都不能说了，只有站起来告辞。 刚直起身，便听到三爷说了句："君子有所为，有所不为。"梁夏去看三爷，三爷也在看他。 梁夏说："我来了就是想跟您说声，我什么都没做。我真的什么都没做。"三爷朝他摆摆手，意思是走吧走吧。梁夏悻悻地走出来，这胸口就隐隐疼起来。

　　第二家，他去的是梁明家。 梁明从小跟他睡一个被窝长大，好得跟一个人似的。 长大后一起在县城做泥瓦匠。 梁明没在家，在家的是他女人。 女人家正在做饭。 见了梁夏连忙洗了手进屋，给梁夏又是翻箱倒柜地找烟，又是端茶倒水。 女人家无疑知道了他的事，但女人家就是不说。 她坐在炕沿上，小声地询问梁夏为何没有去赶集。 梁夏说，这几天热死荒天，正好在家休整几天。 女人家问，春艳这些日子咋样了？ 有没有去镇上的卫生院做 B 超？ 梁夏就说王春艳一切都好，一切都好。 女人家又问，你妈在家干啥呢？ 哮喘病好些没有？ 梁夏就说哮喘好几年没犯了，只是又犯了风湿……女人家一路问下去，就差没问他的远房亲戚了。 梁夏心里就更加难受，拿眼去瞅女人。 女人大夏天的只穿了件皱巴巴的背心，腰里的赘肉挤出来，脖子上全是一圈一圈的汗。 女人家见梁夏瞅她，怎的激灵下就朝后挪了挪屁股，仿佛怕梁夏做出什么过分的举动。 梁夏就说，嫂子，你忙着，我先走了。 女人这才如释重负一般叹了口气说，慢走啊他叔，有空来待着。 梁夏出了梁明家，在一棵老槐树下站了片刻。 槐树上的蝉叫起来没完没了，梁夏听了更是烦闷。 他突然觉得自己的举止行为多么可笑。

第三家他选择了王宝泉家。 王宝泉是卖鞭子的，跟梁夏一样赶圈集。 这些年来，用马车耕地的农户越发的少，王宝泉的鞭子卖得也越发的少。 梁夏见到他时他正用一片锋利的刀片"哼哧哼哧"地刮一张猪皮。 梁夏说，这些日子卖了多少根鞭子啊？ 王宝泉说，夏庄有个鸟人，不晓得哪根神经错乱，也他妈做起了这一行。 我这鞭子一杆二十元，那个王八羔子只卖十八，走了几个集口，就把我的老主顾抢去不少。 说完拿眼瞥梁夏，说，你这生意好啊，干赚不赔，实在卖不动，还可以自己穿。 你说我留这么多条鞭子有个鸟用？ 梁夏就说，可不是嘛，以后你也可以改行干点别的。 王宝泉的山羊胡子抖了两抖，嘻嘻笑着说，我看行，老子也去卖服装，老子也雇个女帮手，老子也可以把女帮手顺便睡上一睡。 梁夏说，怎么，你也认为我跟她有一腿？ 王宝泉说，你说没一腿会有人信吗？ 梁夏说，我今天到你这里串门，就是想澄清这件事，别说跟那个女人有一腿，我根本连碰都没碰过她。王宝泉把猪皮掉了过儿，刀片在上面刮得更为迅捷，刮了十几刀后方才翻梁夏一眼，说道，是吗？

看来自己的走访完全是错误的。即便他长了一百张巧嘴，人家也认为他说的全是屁话。梁夏站在村里的街道上，看着转来转去的土狗，看着跑来跑去的野孩子，眼泪差点就掉下来。他方才发觉，自己是多么小，小到不如一只蚂蚁。如果他没办法证明自己的清白，那么他马上就要被唾沫星子淹死了。即便淹不死，他这辈子也休想直起脊梁骨走路。就想起萧翠芝的样子，想起萧翠芝的样子，牙根就痒痒起来。

几天后，梁夏参着胆子去找梁永。说实话他对这个本家哥有些惧怕。梁永从小就是孩子头，脾性坏，自从当了村支部书记后，架子更是大得不得了。见到梁永时梁夏开门见山说，让梁永陪他去镇上。梁永吹胡子瞪眼道，你去镇上干啥？人丢在村里就行了！梁夏就说，去镇上，是有正经事要办。梁永说有屁正经事！你的正经事就是赶紧把你媳妇央好，把自己鸡巴管好，以后别做那上梁不正下梁歪的事！梁夏也没有恼他，只好声好气地让他陪自己去镇里。梁永说你把缘由告诉我，我就陪你去。

梁夏就说："我要去镇里告萧翠芝。"

梁永呆呆地看着本家兄弟，后来伸手摸了摸他脑门，说："你脑子没烧坏吧？"

梁夏说："没有。"

梁永说："你告啥？ 你告萧翠芝啥？ 你底下舒坦了，你还去告人家？"

梁夏说："我底下没舒坦。"

梁永说："你底下没舒坦，人家为啥要说你舒坦了？"

梁夏说："我不跟你磨叽。 我就是让你带着我去告她。"

梁永说："我可不能因为你是我兄弟，就跟你一块去镇里丢人现眼。"

梁夏大声说："没啥可丢人的！ 丢人的是她萧翠芝！"

梁永就皮笑肉不笑。

梁夏说："我想通了。 我要告她两条罪：强奸我；强奸未遂反倒诬告。"

梁永两颗门牙间有条裂缝，所以很少咧开嘴巴大笑。 可这次他真的咧嘴巴笑了，他边笑边挥挥手说："你自己去告吧。 嗯，去告吧，嗯。 你要是告赢了，这太阳就从西边出来了。 嗯。"

七

梁夏在镇里瞎蝙蝠一样飞来飞去，愣是死活找不到个熟人。 后来有人看他在院子里晃悠来晃悠去，就不耐烦地问，你找谁啊你？ 梁夏倒一时语塞，后来干脆说要找书记。 那

人问找书记干啥，书记去县里开会了。 梁夏问那副书记在不
在？ 那人上上下下打量梁夏一番说，副书记们也没在家，你
不晓得吗？ 这几天梁各庄出事了。 梁夏摇摇头说不知道。
那人不再搭理他径自走开。 梁夏在院子里来回蹀躞，后来在
间屋子的门楣上看到写着"书记办公室"，壮胆子推了推，
确实锁着，又忍不住扒窗户往里观瞧，委实一个人都没有，
只得坐到花圃上抽烟。 这样一直干坐到将近晌午。 不久那
人又看到他，攒着眉头问，你咋还没走？ 梁夏这才细细打量
起这人，见他五短身材，方头大耳，憨憨厚厚的样子。 这人
说，这样吧，你要是有什么事尽管跟我说，书记回来后我转
告给他。 梁夏就说，我要告状。 那人说，哦，告状啊，告
状的话你就找对人了，我就是镇里司法所的，说吧，你有什
么事？

梁夏说："我要告牛庄的萧翠芝。"

那人说："咋啦？ 占你们家宅基地了？"

梁夏说："不是。"那人说："欠你们家钱了？"

梁夏说："没有。"

那人说："没占你家地，没欠你家钱，还有啥球事？"

梁夏就递给他支烟，恭恭敬敬给他点着，这才支支吾吾
说道："她……她……她……"这后面半句死活也说不出口。
那人瞥他一眼说："你是个爷们儿吗？ 是爷们儿的话有屁快
放，别扭扭捏捏跟女人似的。"梁夏这才清了清嗓子，直视
着他说："她……她想搞我。"

那人皱着眉头问："啥？ 你刚才说啥？"

梁夏说："她想搞我……"

那人把手挡在耳朵上，狐疑着问："啥？ 啥？"梁夏大声说："她想搞我！"

那人一愣，半晌才说："搞……成了没？"

梁夏就说："没有。"

那人上上下下扫梁夏两眼，半晌才磕磕巴巴地说："没……没……搞成……属……属于未遂。 告……什么……告？"

梁夏说："因为没搞成，她反到我们村告我，说我搞了她，还撕了我一千块钱。"

那人咽了口唾沫，说："你这样的事倒是少见。 你先回去吧，明天再来。 我们先研究研究。"

那人又问了他是哪个村的，叫啥名字，并用钢笔一一记下。 梁夏这才放心，开了车出来。 他还是拎不清，萧翠芝为啥去村里告他？ 因为王春艳扇了她几个耳光？ 可她想过没，如果这事她不张扬出去，大不了她跟王春艳再也没的姐妹可做，除了天知地知，丢人也只是丢三个人，不会闹得全村沸扬。 话又说回来，既然她都不怕丢人，觍着个脸去告我，我还怕什么？ 路过一片麦地，发现这家的麦子还没割，灰麻雀在麦穗上跳来跳去，就停了车直挺挺躺上去。 麦芒扎得浑身痒痒，耳蜗里是麦秆被压弯后挣扎着起来的噼啪脆响。 而天上，大大的一个太阳挂着，连一片云朵都没有。

又想起萧翠芝信口雌黄的样，随手摘了麦穗揉巴揉巴嚼了。

回到家里时王春艳正在吃饭。她吃得很慢，看到梁夏时努努嘴，意思是饭在锅里自己去盛。梁夏就盛了满满一大碗，一个米粒一个米粒地干嚼。王春艳把手里的大海碗一推，挺着肚子过来圈住他脖颈，突然就哭了起来。她本是个大嗓门，怕街坊邻居听到，这哭声被她压得很低，听上去就像胡弦在暗夜里呜咽。梁夏轻抚着她的后背，不晓得该如何安慰她。等王春艳哭够了，梁夏就说："我去镇里了。"王春艳哽咽着问："去镇里干啥？"梁夏说："能干啥，告状呗。"王春艳一把推开他，瞪着大眼珠子问："告啥？你去告啥？"梁夏说："你说能告啥？"王春艳想了想说："你没疯吧？"梁夏说："我要是疯了倒好，一刀砍死她算了。"王春艳用手摸了摸他的喉结，又摸了摸他的耳垂，说："我信你，我真的信你，我怎么会不信你呢？"梁夏说："已经告到镇里了，明个我还要去。"王春艳缓缓推搡开他，蜷缩在炕角呆呆凝望着房梁，半晌才说："你还是别去了。现在丢人也只丢到村里，要是到了镇里，三十六个村就全知道了。你不晓得这个理儿吗？好事不出门，坏事传千里。"梁夏这才正眼去看王春艳。王春艳仿佛一只孱弱的病猫缩在那里，全然没有了往日"女光棍"的风度。梁夏叹了口气说："女人家有清白，男人家就没有了吗？"

第二天梁夏早早就到了镇政府，径直找昨天那个王干部。王干部似乎也专门候着他，见了他很严肃地点点头，直接把他叫到了自己的办公室。 不一会儿又过来了三个人，有男有女，一本正经地在旁坐了，眼神全都直勾勾地盯在梁夏身上，间或相互咬着耳根窃窃私语。 梁夏觉得自己仿佛就是一只马戏团里的猴子，被这些好奇的人肆无忌惮地围观，心里不禁就憋了一股火气。 王干部起先也没有问话，只是嗞嗞地在那里喝茶水，不时地朝地上吐两口茶叶末。 看样子他们似乎在等什么人。 等镇上的领导吗？ 梁夏咽了咽唾沫，只觉得口干舌燥，抬头间就看到萧翠芝从门外走了过来。

萧翠芝穿着件灰扑扑的裤子，上身套着件灰色翻领短袖衬衣。 她人本来就瘦，这样看上去就像是一粒干瘪的草籽。 她漫不经心地扫视了一遍房间，当目光扫到梁夏时，竟然朝他很有礼貌地点了点头，仿佛他们之间从来就没有发生过什么怨恨的事。 王干部挥了挥手让她坐到另一面，这才正视着梁夏说："今天我们把萧翠芝也叫来了，咱们好好掰扯掰扯。好歹你们以前是亲戚，又是雇用关系，买卖不在了，仁义不在了，话总要说透彻，不要动不动就告状。"

梁夏只是盯着萧翠芝。 他压根就没听王干部的话。 可萧翠芝压根就没有瞅他。 她垂着头不停地抠弄着指甲，偶尔将手指伸到嘴唇里咬着指甲……

对于那个有些荒诞的早晨多年后梁夏仍记忆犹新。 他记得王干部先问了他，然后又问了萧翠芝。 他和萧翠芝说的内容倒没有什么大的出入，只不过他坚持说是萧翠芝主动，他执意不肯才没搞成。 对于他的说法王干部显然不太相信，他一个劲地追问梁夏，既然是萧翠芝投怀送抱，为啥梁夏会没有搞？ 作为一个正常的男人，既然已经被女人摸硬了，哪里还有不搞的道理？ 梁夏的解释是：他心里只有王春艳一个人，他长这么大就喜欢王春艳一个女人，况且拴哪家的槽子是哪家的驴，萧翠芝是别人老婆，我怎么能跟她有瓜葛？ 而萧翠芝的说法是：梁夏在她借宿的那个晚上，趁她小解回来主动搞了她，不但搞成了，还搞了很长一段时间。 为什么搞了很长一段时间？ 因为他老婆怀孕了。 她的话让另外几个干部扑哧笑出声来，但萧翠芝没笑。 她仍然面无表情地盯看着王干部，仿佛王干部肯定会对她的供词深信不疑。 而毫无疑问王干部似乎也确信了她的话。 她那么干瘪朴素，仿佛一株秋天里即将老去的棉花，根本就不像是个会撒谎的人。 这期间另外两个人非常热忱地询问了萧翠芝几个非常专业的问题，比如梁夏用了几个体位跟她搞的；比如梁夏的老婆既然在另外一个房间里睡觉，那么她有没有大声呻吟。 萧翠芝都很敬业地一一回答了他们。 她回答他们的时候梁夏一直目不转睛地看着她。 她貌似面无表情，其实她的脸颊还是像少女般微微泛红，她本就细小的眼睛眯缝起来，让她的神情有些恍惚有些沉醉有些痴迷的味道。 如果梁夏没有猜错，她好像真的沉浸到那个虚构出来的、对于她来讲既耻辱又让人难忘的夜晚里去了。 她的这种姿态获得了王干部他们的认可。他们很坦诚地告诉梁夏，他来这里告状完全是无理取闹，既然他跟她睡了，人家女方又不去派出所立案告他，已经是给他情面，否则要是立了案，他怎么不也得判个十年八年？ 即便撕了他一千块钱也无可厚非。 相反，这从另一个角度证明了萧翠芝不是贪图钱财的人。 一个不贪图钱财的人，怎么会做伤天害理的事？ 怎么会诬告自己的雇主呢？ 女方都这么仁慈了，男方就更应该大度，而不该倒打一耙来告女方。 如果不是要搞好安保维护团结，他们才不会接待这样的上访，这样的上访从本质上讲，是扯淡的上访，是得了便宜又卖乖的上访。

梁夏一下子就蒙了。 他只是来回强调他没有跟她睡过。他支支吾吾的样子让王干部他们更加不爽。 后来他们干脆不再问他，而是和颜悦色地询问萧翠芝。 萧翠芝对王干部的信任似乎很是感动，所以那句话她一不小心就说出来。 她说，梁夏跟她睡过是有证据的。 说完，她窸窸窣窣地从裤兜里掏出条小手绢，然后将手绢小心翼翼地展开，为了防止屋顶的电风扇将里面包裹的东西吹走，她用手捂住手绢慢慢走到王干部身边，说，瞧，这两根，就是梁夏的体毛。

梁夏看到王干部他们迅速围了过去，叽咕叽咕讨论起来，边讨论边拿眼瞄着梁夏。 而梁夏呢，恨不得地上立刻裂开一个深渊，自己跳将下去死了算了。 另一方面，他觉得这样的场面真是太他妈滑稽了。 她竟然用手绢包裹了他的两根体毛！ 虽然他觉得场面似乎就要失去控制，但他还是装作冷静的样子坐在那里，一根接一根地抽着香烟。 等王干部们也正襟危坐面带微笑地睃巡着他时，他发现他是一句话都说不

出了。 他只是听到王干部用颤颤巍巍的、似乎一不小心就要
狂笑出来的声音问道：

"梁夏，你还有什么要说的吗？"

八

梁夏去镇里告状的事，周庄的人全知晓了。 就有那仨好
的俩近的来看他，劝他别再瞎折腾。 自古以来，只听过女人
告男人作奸犯科，哪里有男人告女人强奸的？ 况且打开窗户
说亮话，人家手里是有"货"的。 如此看来，萧翠芝私藏梁
夏体毛这样狗血的事，村里的人也全知晓了。 梁夏就更觉得
气不打一处来，嚷嚷道：她说是就是吗？ 她说是就是吗？
别寻思我不懂法！ 是不是得经过 DNA 验证才算数！ 人家见
他态度这么强硬，也不好再劝什么，只得悻悻离开。 梁夏就
恍惚起来，常常坐在庭院里，呆呆地盯着黄瓜架一言不发。

他越是这样，王春艳越是很少跟他讲话。 她只是像头冬
天的棕熊般整日四脚朝天地躺在炕上。 以前是废寝忘食地读
育儿书籍，现在是什么都读不下了。 有一天她很郑重地叫梁
夏过去，跟他商量做保胎手术的事宜。 她好像已经忘记萧翠
芝的事情了。 梁夏就说，等两天成吗？ 等两天成吗？ 等我
把这事办利索了我再陪你去。 王春艳寻思半天说，梁夏，我
还是想问问你，你到底跟她……有过没？ 梁夏想也没想说，
没有！ 王春艳又问，那天，到底是你主动的还是她主动的？

梁夏扫了王春艳一眼，从炕上跳下来，拿起板凳就朝电视机砸过去。 王春艳也不阻拦。 等他砸完了，王春艳又问，你说你跟她没有过，那她怎么会有你那东西？ 梁夏朝王春艳冷笑一声，又拿起板凳去砸洗衣机。 王春艳就说，你砸吧，你就砸吧，你越是这个样子，越是说明你心里发虚。 梁夏冷冷地看着王春艳，仿佛他已经不认识王春艳了。

梁夏去县里上访时晚玉米都拱出地皮了。 他是开面包车去的。 到了桃源县政府，见一群人嗡嗡嚷嚷围在大门口。 这帮人有老有少有男有女，不晓得有什么紧要事。 梁夏想从他们中间挤过去，却发现根本是徒劳。 原来这帮人手挽着手组成一道人墙，别说是人，就是一条瘦狗都钻不过去。 梁夏看突围进去很是费劲，就给一个叫李明坤的同学打了个电话。 李明坤在县城开了一家网吧，听到他到了县城颇为开心，让梁夏去网吧里找他。 网吧里面更乱，全是十七八岁的孩子在打游戏。 李明坤就问，你今天咋这么闲？ 不卖服装了？ 梁夏闷闷地说，卖个鸡巴毛！ 李明坤问，出什么事了吗？ 你可是从来说话不带脏字的。 梁夏就在网吧里将萧翠芝的事一五一十地讲给李明坤听。 李明坤一边听一边笑，一边笑一边听。 等梁夏讲完，李明坤就盯怪物一样盯着梁夏。 梁夏就说，看啥看！ 有啥好看的！ 你倒是帮我想想正经办法！ 李明坤就乐了，他给梁夏倒了杯茶，又给梁夏点了根香烟，眼睛湿巴湿巴地眨了眨，这才说，哎，以前我一直以为你是个明白人，虽然没考上大学，可智商并不低，没想到你还真是榆木脑袋！ 你跟我过来！

梁夏就乖乖地跟他走到一台电脑前，看他摆弄了会儿，屏幕上就跳出个窗口来，里面有个黄头发女人在笑。 李明坤噼里啪啦地打了两行字，女人突然就将上衣脱了，不但上衣脱掉，连乳罩也一并脱掉，一对硕大的乳房就那么着蹦出来。 梁夏暗暗吸了口凉气，狐疑地看着李明坤。 李明坤就问，爽不爽？ 这叫激情视频。

梁夏没吭声，李明坤就关了窗口，用手指敲了敲电脑桌说："你在村里屁事也不懂，现在的世道，笑贫不笑娼，笑阳痿患者不笑性病患者。 脱裤子上床比吃顿饭还容易。 哎，难得你这么个庄稼人，还这么一根筋。 如若我是你，早他妈把她给干了，也不枉她告我一回。"

梁夏不以为然，气闷地说："那是你们城里，我可不是这样。"

李明坤就看着他，仿佛不认识他一般。 梁夏说："不管咋样，我总得找个说理的地方。"

李明坤说："理儿是这个理儿。 不过你没必要在这棵树上吊死。 人活一辈子，可不能老长着一张苦瓜脸。"

梁夏说："如果这事拎不清，我只能一辈子长着一张苦瓜脸。"

梁夏进入县政府大门是两天后的事。 这一次是他父亲用马车拉他来的。 他父亲说了，你看你这样哪里像个告状的？ 穿得跟新鲜姑爷似的，还开着辆喜气的红面包！ 人为啥要告状？ 是受了委屈！ 受了委屈啥样？ 那就是块长满膏药的烂白薯，两眼漏神，浑身霉气。

于是梁夏就换了身昔日打工时穿的旧衣裳，他父亲赶着他那匹掉了牙的老马，爷儿俩神色凄然地奔往县城。 到了县城也没个停车的地方，父亲就赶了马车去集市溜达，说是要买几斤上好的旱烟丝。 梁夏看到政府门口倒很肃静，满心欢喜。 刚想进大门就被保安给拦下了。 保安头也没抬地问，你找谁啊？ 梁夏就说，我找县长。 保安问，找县长干啥？ 梁夏说，我要跟县长反映点情况。 保安问，县长每天忙得跟地里的蝲蝲蛄似的，今天正在会西班牙来的客商，如果你不是啥大事，还是赶紧回家去吧。 梁夏在警卫室里走也不是，不走也不是。 保安说，你有啥想不开的？ 这么年轻，两手都是劲，不好好打工，晃着膀子来这里闹腾啥？ 梁夏没吭声。 保安又问梁夏姓甚名谁。 梁夏就老老实实告诉了他。 保安听了他的名字似是一愣，仔仔细细端详他一番，就问他是哪个村的。 梁夏说是周庄的。 保安想了想说，你先待在这里抽支烟，我去找个人，看他能不能帮你忙，你可千万别走开！

梁夏点点头，然后呆望着县政府的大楼，心想世上还是好人多，人家跟自己非亲非故，还这么热心肠。 想到一会儿就要见到县长，难免就有些紧张起来。

过一会儿那保安就回来了，后面跟着另外一个保安。 后来的保安长着一张马脸，见了梁夏也上上下下打量着，说，你要告状是吗？ 梁夏忙点头说："是的，是的。"马脸保安说，你先跟我出来一趟，这里耳目混杂，你把你的事先跟我好好地说上一说。 梁夏就连忙跟他出了门，出门后左拐右拐，就拐到一条僻静的小胡同。

马脸保安说："你就是周庄的梁夏？"

梁夏说："是。"

马脸保安说："你是不是要来告萧翠芝？"

梁夏一愣，说："是。 你咋知道？"

马脸保安说："我咋知道？ 我当然知道！ 你们镇上有谁不知道呢？"突然一脚就踹过来。 梁夏一点防备都没有，扑通一声倒在地上。 那人上来照他的胸口就是两脚，疼得梁夏"哎呀哎呀"大叫起来。 那人不待他起身又跨他身上，一手抓住他头发，一手左右开弓扇他嘴巴。 梁夏蒙头蒙脑地被打了一通，两眼就啥都看不真切了。 那人这才犹豫着撤身而起，交叉着双臂远远地观瞧他。 他刚挣扎着站起，那人健步上来又是一脚。 梁夏就彻底动不了了。 那人半蹲着托住梁夏下颌骨，咬着牙齿道："知道我为啥揍你不？"

梁夏是连头都不会摇了，只是不住吸凉气，嘴里是黏稠的液体，怕是哪里流出的血，哼唧着说："不知道。"

那人问："想知道不？"

梁夏说："想。"

那人说："那我就告诉你。 萧翠芝是我姐！ 我是萧翠芝的兄弟，知道了不？"

梁夏说："知道了。"

那人说："只要我还在这里当保安，县委和政府两个大院，你一个都进不来！ 知道了不？"

梁夏说："知道了。"那人说："你以后还告状吗？"梁夏说："只要我还有口气，我就一直告下去。"

那人狠狠捏了捏他下巴，说："我姐名声被你搞臭了，天天在家哭！ 整宿整宿睡不着觉，你他妈还没事似的天天告恶状！ 你咋那么爱嚼舌头？ 你个大老爷们儿，该做的事都他妈做了，还有啥不敢承认的！ 我操你妈的！"说完一掌掴过来。 梁夏顿时双耳轰鸣。 那人后来还说了什么，还干了点什么，他都不记得了。 当那人晃着身子悠闲地走开去，他才有空拿袖口擦了擦嘴角，他估计自己的眼睛被打青了，胸口也撕裂着疼。 他现在多盼望赶马车的老父亲赶快从集市上回来，拉着他去卫生院包扎伤口。

九

梁夏在炕上跟王春艳并排着躺了三天，都是他母亲唉声叹气地过来给煮饭。 马脸保安虽下手毒辣，但好歹没伤正经地方，只损些皮肉而已。 几天里梁夏一口饭也没吃，一口水也不喝，身上长了虱子般翻来覆去。 王春艳只得一手按着自己的肚子，一手不停蹭着他的手背。 那天半夜三更了谁也没睡，王春艳就起身出去，过了半晌端着个洗脸盆过来，费劲巴力地爬上炕头，瓮声瓮气地问梁夏，吃吗，你？ 梁夏只当没听见。 旋即听到王春艳在炕沿上磕鸡蛋。 一个，两个，三个……这样反反复复不下十来次。 等梁夏忍不住去看，王春艳搂着盆子已吃了十来个鸡蛋。 梁夏骇然，问道，你咋啦？ 你咋啦？ 王春艳的唇边沾的全是鸡蛋黄，这里一粒那里一粒。 王春艳拿眼扫扫他，又剥了个鸡蛋，直愣愣塞进嘴里。 梁夏一把夺将过来扔到地上。 王春艳也不恼，只朝他"嘿嘿"笑了笑。 梁夏起身就将她搂在怀里。 她肚子很大了，搂紧她倒颇费一番周折。 王春艳就在他怀里悄无声息地哭，哭得梁夏的肩膀都潮了。 梁夏只得轻轻捶着她后背，怕她这口气喘不上来。 好歹王春艳哭累了，这才说，我没事，我没事，我只是觉得饿，我是不是又长了一个胃出来？ 说完她有些惊恐地捂住了自己的嘴，似乎自己真的多了一个胃。梁夏就说，怎么会呢，怎么会呢。 王春艳就又从盆里拿出个鸡蛋来，梁夏一把抢了。

　　王春艳说，小时候家里穷，鸡蛋一年也吃不上几次。 梁夏就说，可不是，囤里没余粮，就怕春脖长，哪里还能吃得上鸡蛋？ 王春艳说，还是个野丫头的时候我就想，将来要是一个人抱着一盆子鸡蛋，想怎么吃就怎么吃，爱吃多少就吃多少，怕是世上最幸福的事了吧？ 梁夏就赔笑说，我小时觉得，长大了要是能娶个你这样又聪明又能干的老婆，才是最美的事呢。 王春艳没接他的茬，只恍惚着说，等到了十五六岁，我就暗摸着，将来要是能嫁个又漂亮又健康的男人，怕是最幸福的事了吧？ 梁夏就说，你看看，你看看，你的愿望不都实现了吗？ 王春艳这才睁眼瞅他，说，是吗？ 梁夏忙说，是啊是啊，我们过得多好啊，周庄能有几户人家赶得上咱家？ 王春艳叹了口气，攥了梁夏的手，说，以后你就别去上访了，成吗？ 我知道你受了委屈，可是人活着，怎么可能不受委屈呢？ 我都快四个月了，你就多陪陪我。 梁夏这下不吭声了。 他掸掉王春艳的手重又懒懒地躺到炕上。 王春艳鸡蛋也不吃了，又抽泣起来。

梁夏开始给县长写信是后来的事。 既然自己进不了衙门口，那些信件总能进去吧？ 他买来纸和笔，放了炕桌一个字一个字地写，将那事的前因后果叙述得颇为清晰。 他上高中时语文念得好，这信写起来也不费什么周折。 等信邮出去了，他就天天盼回信，每天偷偷摸摸溜达到村民活动中心。在那里倒是遇到不少人，有开会的，有唠嗑的，还有打球的，见了他都嘻嘻着笑，佯装问他伤口是否痊愈，上访见没见到大官。 梁夏也懒得搭理他们，绷着脸匆匆走开。 等了几天又不见回音，就接着写。 因为写了一遍，这第二遍写得格外顺手，梁夏心血来潮，在信里用了不少情真意切的形容词，以此描摹自己的绝望心情。 第二封信寄出了四五天，还是没有半星消息。 难免焦虑起来，于是开始写第三封信。这样一个多月下来，梁夏总共写了八封信。 梁夏想，这八封信即便被人弄丢了七封，肯定还有一封落到县长手里。

那天，村里的王宝水结婚，梁夏也塞了五十块钱份子，中午待宾客，梁夏也去了，被安排跟一群年轻后生一桌。 酒喝到酣处，各桌就相互敬酒。 梁永过来敬酒时，座上的人都已经七八分醉。 梁夏话虽少，酒却喝得不少。 座上的明白人知他心情不好，一个劲劝他少喝些，可越是劝他他越要硬喝，一碗水酒下去，天地似乎就旋转起来，想到这些时日的遭遇，喉头就紧起来。 这时恰巧梁永来敬酒。 他敬了张宝刚，他敬了王春生，他敬了梁守礼，总之除了梁夏，这桌上的人他全一个个敬了。 梁夏酒喝得有些多，但还是看得明白，就咬着舌头问："永哥永哥，你啥人都敬了，为啥不跟我喝一杯？"

梁永舌头也短了，看了梁夏一眼说："我为啥要敬你？"梁夏说："你为啥不敬我？"梁永说："你说我为啥不敬你？"梁夏说："我睡了别人，你就不敬我了？"梁永白着一张脸没言语。 梁夏冷笑着说："我根本就没睡她，信不？"

梁永说："你要是让我信你，你就把你左手的食指剁下来。"说完转身去厨房拿了把菜刀过来。 众人一看如此，慌忙去阻拦他。 他大吼着将旁人喝退，将菜刀扔到梁夏眼前，大声说道："你不是个爷们儿，你要是爷们儿，你要是没睡过萧翠芝，有种的就剁！"事后，人们已经记不起梁夏是如何大叫一声把菜刀抢到手里，如何以迅雷不及掩耳之势剁掉左手食指的。 人们只记得梁永傻了眼，王宝水也傻了眼。 当有人吵嚷着打电话找救护车时，梁夏用右手捏着自己沾满尘土和菜叶的食指，坐在板凳上一声不吭。 有人慌忙着用油光光的抹布裹住了梁夏的左手，有人慌忙着去冰箱里找冰棒，有人慌忙着去找赤脚医生……当王春艳挺着个大肚子慌里慌张着跑来时，梁夏已经昏过去了。他躺在一条狭长的凳子上，血迹将他的白衬衣几乎要染红了。

梁夏还是保住了自己的手指，只不过在医院里待了十来天。出院后他继续写信。只不过这信要别人来代笔了。说实话他也不明白为何无休止地写这些看似无用的东西，很多时候他用胶水把邮票贴好后，安静地凝望着信封，仿佛那里面隐藏着最甜美的秘密。

那天下午，梁夏刚把信邮走，便接到他连兄电话，让他去拉几袋麦子。连兄家住在段庄，跟梁夏走得颇近，晓得他把地都包了出去，吃粮食要从集市上买，故而每年麦收后都要梁夏去拉上几袋面。梁夏只得应允，傍晚时分开了面包车去了。到了连兄家，然然饭菜备好，煮的早苞米，炖的猪蹄和下水，连嫂跟孩子们都出去串门了，哥儿俩就斟了酒，在庭院的葡萄架下慢慢喝起来。喝着喝着连兄就说，哎，你那事，我听说了。梁夏"嗯"了声。连兄说，这种事，自古清官都难断，你这样整天跑上头有啥用呢？要是朝里有人，事怎的都好办，可咱们家净是穷亲戚，谁能拉你一把？梁夏眼睛就潮了。连兄说，我晓得你心里苦，可你也得为春艳想想，她都好几个月了，胎又坐得不正，听你嫂子说是要做手术的。你啊，早早收了告状的心思，好生伺候春艳吧。梁夏就把酒一口干掉，站起身跟他连兄说，哥你慢慢喝，我这就走了。 不待他连兄回话，转身上了面包车。

夏夜的村庄依然是亮的，乡间路两旁全是粗壮的白杨，愣眼瞅去，树冠似乎就要冲破云朵扎进月亮里。 而月光从枝叶间洒落，地上明明暗暗，斑斑驳驳，伴着树叶的沙沙声，仿如不停歇的细雨。 梁夏在半路上停了会儿，趴在方向盘上抽了支烟。 等到家门口停了车，便看到门口恍惚着站了个人。 这个人细细的犹如根竹子，抱了肩膀靠了墙，不是萧翠芝是谁？ 梁夏漠然地瞅着她。 他原以为如果哪天见她，定会上前扒了她的皮喝了她的血。 可现在，他心里倒格外静，仿佛这只是一个从来跟他没有干系的人。 那晚月色很好，两个人面对面站着时，梁夏看到她的脸也是银白银白的，仿佛瓷器般洁净光滑。 她盯着他瞅了半晌，这才幽幽地说，我那混账兄弟没把你打坏吧？ 你的手也没事吧？ 梁夏连哼都没哼一声。 他突然又想起了在镇上时她狂热的样子，她手里捏着所谓他的体毛，在王干部他们面前眉飞色舞信口开河，跟眼前的样子比，真让人难以置信是同一个女人。 他从她身边走过去，掏了钥匙径直开门。 萧翠芝就是这时从背后揽住他的腰身的。 她的双手气力还是那么大，梁夏挣扎了一下没有挣脱，就冷冷地说，松手。 萧翠芝并没有松手，她的前胸贴着他的后背，在这凉薄的夜里很是温暖。梁夏又重复了句：松手，别这么不要脸。 萧翠芝这才将双臂挪开。 梁夏将门打开，从里面插了，急匆匆进了房间。

王春艳已经睡下。 这段时间她很少这么早就睡，看来她终归是熬不住了。 梁夏坐在炕上愣愣地盯着王春艳。 王春艳的脸油油地浸着汗，梁夏就拧了湿毛巾帮她擦了擦。 王春艳也没苏醒，仍睡得死死的。 梁夏忍不住跳下炕，三两步迈到门前，手在门闩上停了停，终归还是没有打开。

翌日早早就醒了，帮王春艳煮了一锅稀饭，又烙了几张她最爱吃的葱花饼；然后穿戴齐整，开了车去市里。 他是想明白了，既然给县长写的信都没有着落，那么他只有去市里告状了。 他也想明白了，他现在的对手不光是萧翠芝，还有一个他看不到的、无影无踪的、巨大而透明的洞。 他这样安慰自己，将车开得又快又稳。 有那么片刻，他的心情突然间莫名地愉悦起来。 过道两旁全是一人高的青玉米，一片一片荡开去，望不到头，也望不到人，偶尔有只野狗从庄稼地里溜达出来，神情高傲地打量着他的面包车，而后在车后面小跑着狂吠。 树上的蝉叫得也比往年清亮，时不时将尿洒到路人身上。

市里他可没少来，进货都是从市里进的。 可市政府却是从来没去过。 正在十字路口跟人问路，便接到个电话。 电话里的人说，他是县政府督察办公室的，梁夏写给县长的信他都看了。 这种民事纠纷他们也从来没有遇到过，如果想得到更好的解决，可以去市晚报社找记者，记者对这类街头巷尾的事倒比较关心，没准可以通过舆论宣传的方式帮他解决问题。

梁夏就在电话里大声感谢那人。 那人说，我还可以把报社李记者的手机号码给你，我跟他是多年的朋友，你可以去找他帮忙，就说是我介绍的。 梁夏就认真记下了李记者的号码，然后想了想，就给李记者打电话。 李记者很痛快地接了。 李记者说，他已经听县政府的小岑说起过这事，不过其中的一些详情，还要跟梁夏当面攀谈攀谈。 然后让梁夏先行回家，明天再来找他。

由于李记者在山区里采访，信号不是很好，声音断断续续，梁夏听得也不是特别明白。 不过有一点倒可以肯定，那就是他委实可以帮到自己。 梁夏内心里便漾起小小的欢心，跑到专卖店里给王春艳买了一件加肥的睡裙，又给没出世的孩子买了个金锁、拨浪鼓，仿佛只有此刻忙碌起来，那种云开日出的喜悦才会维持得更长久些，心里也更安稳些。 买完东西就开了车回家。 路过一个村落时，看到麦场上金黄的麦秸子垛，就下来撒了泡尿。 尚未撒完就接到王春艳的电话。 王春艳的声音似乎有些颤抖。 除了孩子的事，梁夏倒很少听到她用这种声音说话，她小声询问道："你在哪里呢？ 你在哪里呢？"

梁夏就说："我在市里。"

王春艳说："你去市里做什么？"

梁夏说："你说我能来做什么？"

王春艳在那头沉默了会儿，梁夏就说："我来市里给你买裙子。"

王春艳说："夏天都过去了。"

梁夏说："今年穿不得，明年不会穿吗？"

王春艳又是一阵沉默，梁夏就问："你怎么了？"

王春艳说："我没怎么，是萧翠芝出事了。"

梁夏木木地问："出事了？ 她能出什么事？ 疯子从来都最安全。"

王春艳说："萧翠芝死了。"

梁夏问："死了？ 怎么死的？"

王春艳说："上吊死的。"

梁夏木木地问："啥时候的事？"

王春艳说："该是昨晚上吧？ 今儿晨起她兄弟来看她，她在厢房里已经死了。"

梁夏说："哦，死了……死了……"

王春艳又急急地说道："你先到亲戚家住上几天吧。 人家说，她兄弟传话出来，要找你算账。 你可千万当心些！"

梁夏挂了电话，长出一口气，身子不禁往后一靠。 麦秸扎在身上软软的，有些痒，梁夏觉得很舒服，忍不住用了用力气，身子就整个陷到麦秸里去了。 金黄的、脆酥的、长短不一的麦秸瞬间就把他淹没了。 良久，梁夏张开眼，透过麦秸仰望着天空，此刻天空也成了橙黄的颜色，几只纺织娘在半空中悠闲地飞来飞去。 他突然觉得眼角有些痒，以为是麦垛里的蚂蚁爬上来，就伸出了手指去摸，摸了半天却什么都没摸到，将手指在眼前晃了晃，只有几滴潮湿晶莹的液体，放舌尖舔了舔，咸咸的。 有那么片刻他觉得世界安静极了，所有的喧嚣都被这麦秸垛挡在了耳朵的外面。 他痴痴地想，要是能一辈子这样躺在麦秸里，该多好啊。

刺探现实的世情书

——张楚小说略论

吴义勤

　　张楚是讲故事的高手，善取貌似"街谈巷议"的"闲话"为题材，与明清短篇话本或拟话本有异曲同工之妙。鲁迅先生认为"人情小说""取材犹宋市人小说之'银字儿'，大率为离合悲欢及发迹变态之事，间杂因果报应，而不甚言灵怪，又缘描摹世态，见其炎凉，故或亦谓之'世情书'也"。"世情"既是张楚小说重要的题材选择，也是叙事模式，更是精神指向。作为 70 后作家的张楚，他与现实"中国故事"之间没有厚重的隔膜感，但又不乏哲思与历史感，所以他的"世情小说"创作并未流于通俗化、庸常化或者"流行病"式书写。

　　张楚自己就曾剖白道："我不知道这个世界到底怎么了，为何人人如此忙碌、焦躁。他们是如此热爱物质、热爱机械、热爱权色，他们从来不会停下脚步，等一等自己的灵魂……后来就写了《七根孔雀羽毛》。"《七根孔雀羽毛》这篇小说从故事本身而言并没有什么出奇制胜之处，都市男女的情感纠葛掺杂了钱色交易，融进些江湖习气，等等，再寻常不过。 但这篇小说巧就巧在"七根孔雀羽毛"这一意象的点染。 宗建明是这七根孔雀羽毛的拥有者，但他自己也不清楚它们的来历。 那七根孔雀羽毛第一次出现后，宗建明不再极力讨好女友李红的女儿丁丁，拒绝了小姑娘想要羽毛的要求，尽管丁丁威胁宗建明不给她的话就给母亲李红告状，从而把他赶出母女俩生活的房子。 宗建明没有妥协，甚至对丁丁说："说实话，叔叔一点都不喜欢你，真的。 可是，叔叔还得装出喜欢你的样子，这挺难受的。 我从来没见过你这么讨厌的孩子。 你跟小虎比起来，简直一个是天使，一个是狗屎。"这样的宗建明，与极力讨好女友女儿的宗建明判若两人。 或许读者会觉得有些莫名其妙，不就是来历不明的几根孔雀羽毛嘛，何必对一个孩子说话如此刻薄。 但其实，这有些莫名其妙甚至横空出世的七根孔雀羽毛，是那个生活颓丧得毫无盼望的宗建明仅存的一丝温暖和希望。 所以紧接着宗建明一反常态，联系前妻并掷地有声地宣告："我想要小虎。"小虎是宗建明与前妻的儿子，在离婚时，宗建明选择了两层小楼。 但此时，因为赌博失去了两层小楼乃至人生希望的宗建明，突然回头想找回自己的亲生骨肉。 自此，宗建明就算没有脱胎换骨也算是改过自新，为了争取到儿子的抚养权，开始积极筹备，尽管这样的努力以宗建明锒铛入狱而告终。 张楚看似漫不经心的叙事，却极尽小城各色人等的精神异化，世情背后呈现的是徘徊、挣扎在道德乃至法律底线的小镇人们精神被撕扯后的痛楚，更直指这痛楚背后的现实境况，颇具批判现实主义的锋芒。

张楚的小说往往连缀着情爱与公案，而将神鬼叙事做了某种现代转换。但张楚并非照搬话本小说的叙事规范，而是祛魅的，是非魔幻的，是直面现实的。他的叙述并不沉溺于情爱的旋涡，虽然以此为重要表演场，也不流连于悬疑罪案的推演，虽然这也是其重要的结构乃至叙事魅力。于是，对于在融合进这众多元素之后对于小说叙事节奏的把握，既是难点，也成为张楚中短篇小说又一重要的特质。比如小说《风中事》，张楚花费极大的篇幅讲述一位海滨城市小警察关鹏几段不太靠谱的恋情，细致呈现关鹏和各色女性的情感纠葛。终于，关鹏遇到了让他十分心动又真正放在心尖上的女人段锦。段锦像是黑夜里的玫瑰，美丽、多情又神秘。就在两人见了家长，准备推动下一步的时候，关鹏开始莫名收到陌生的短信，每次都是一样的内容："你会后悔的，关"。小说原本已经平滑的叙事节奏被打乱，营造出一种陡转的悬疑氛围。紧接着段锦毫无预兆地提出分手，关鹏认识新的女友，直至最后段锦离奇失踪、死亡。一切都在关鹏又一次收到那条陌生人发来的神秘短信后戛然而止。小说的叙事节奏呈现出前后鲜明的对比，前面大量的篇幅延续统一的叙事节奏，到最后节奏突变，随之故事的走向也发生突变，这样的变化不仅转折大且情节容量密集，给人一种全方位的压迫感。《梁夏》这篇小说也是如此，小说开始用大量篇幅叙述梁夏与能干妻子王春艳的婚姻生活和创业历程，算是中规中矩的"人情"书写。 但在读者以为一切都将在作者花费大量笔墨建构起来的叙述路径上继续向前的时候，节奏突变。也是一桩公案打破了原本的叙事节奏，梁夏与妻子请来的帮工萧翠芝之间的桃色绯闻中断了家长里短。 而随后故事的发展走向更是使得叙事节奏一波多折，先是萧翠芝向村干部哭诉梁夏对其行为不轨，接着梁夏开始四处上访，状告萧翠芝对其强奸未遂。 一个男人状告女人强奸未遂，显得暧昧而吊诡，梁夏坚持要讨回自己的清白，似是罗生门般的荒诞事件以萧翠芝的上吊自杀而告终。《七根孔雀羽毛》也是同样的结构，大量篇幅建构起了颓丧、困厄的宗建明这一形象，也为后来宗建明想要回儿子小虎，和为此不惜走上犯罪道路做了"合情合理"的铺垫。

如是观之，小说前后篇幅安排的"失衡"，节奏看似陡然转变，其实都完全成立。 前半部分花大量的篇幅看似在闲话家常，其实是为后半部分节奏的变化做铺垫，从而厚积薄发。 所以情爱叙事与公案叙事相结合，最终指向的不是神鬼，不是佛教道义，而是现代精神中最珍贵，但也往往被人忽视的宝贵的品质。 正如张楚自己所言："有时候我想，文学作品最能打动我们的，往往也都是人物最朴素的品质，譬如：忍耐、正直、勇敢、善良、牺牲。 这些品质在物欲横流的社会里，让人心能得到一些慰藉和片刻的温暖。"

图书在版编目（CIP）数据

七根孔雀羽毛/张楚著；吴义勤主编. --郑州：河南文艺出版社，2020.12

（百年中篇小说名家经典／何向阳总主编）

ISBN 978-7-5559-1055-8

Ⅰ.①七…　Ⅱ.①张…②吴…　Ⅲ.①中篇小说-小说集-中国-当代　Ⅳ.①I247.5

中国版本图书馆 CIP 数据核字 (2020) 第 227549 号

丛书策划　陈　杰　杨彦玲

本书策划　王淑贵　　　　　责任校对　殷现堂

责任编辑　王淑贵　　　　　责任印制　张　阳

丛书统筹　李亚楠　　　　　书籍设计　书籍/设计/工坊
　　　　　　　　　　　　　　　　　　刘运来工作室

七根孔雀羽毛
QI GEN KONGQUE YUMAO

出版发行　河南文艺出版社

本社地址　郑州市郑东新区祥盛街 27 号 C 座 5 楼

邮政编码　450018

承印单位　河南瑞之光印刷股份有限公司

经销单位　新华书店

开　本　787 毫米×1092 毫米　1/32

印　张　7.5

字　数　139 000

版　次　2020 年 12 月第 1 版

印　次　2020 年 12 月第 1 次印刷

定　价　35.00 元

印厂地址　河南省武陟县产业集聚区东区（詹店镇）泰安路

邮政编码　454950　　电话　0391-63956290